現代女性作家の方法

現代女性作家の方法

松本和也

水声社

目次

はじめに

小説を読むということについては、第一章でも論じていくので、ここでは、本書の問題意識や目指す方向性のようなものについてだけ、簡潔に述べておこう。

本書では、現代小説のうち、方法的にユニークだと感じられた七作家による八作品をとりあげ、そうした局面に注目した読解を試みた。もっとも、内容よりも方法（形式）が重要であると主張したいわけではないし、それを根拠として作品についての美的な価値判断を示すつもりも、全くない。

まず、うまくいえないものの、とりあげた現代小説それぞれからは、何かしらユニークで豊かな魅力が感じられた。その上で、小説を読むことでもたらされる魅力が、具体的にはどのような言葉―小説表現によって生みだされたものなのかについて、興味がわいてくる。してみると、次のような整理が可能になる。つまり、小説家は自らが織りあげる小説を通じて何かを読者に届けようとするのだけれど、それがよりよく読者に届くための工夫をする。読者は、その工夫を意識しないで読むことが多いけれど、それでも、おそらくはその工夫の帰結として、小説から何かを読みとり、受けとめるだろう。

このように考えた場合、さしあたり工夫と呼んだものが、本書にいう方法である。小説家にしても読者にしても、ことさら方法にこだわらなくとも、おそらく小説は書けるし、読める。それでも、言葉のみによるコミュニケーションである小説の発表－受容において、書き手も読み手も、ごく自然に方法にふれているはずではある。

ただし、言葉にしにくく、見えにくいことも多い方法を、理論化して実作にもちこむ小説家もいれば、ことさらに意図することなく、結果的に何かしらの方法になっていたという小説家もいるだろう。それはおそらく、読者にしても同じである。同じような何か（たとえば、感動）を味わうにしても、方法をそれとして自覚する読者もいれば、特に意識することもないままに、しかし同質の何かを味わう読者もいるだろう。いずれにしても、小説には多様な読み方があるし、小説を読む際には、気を配って配りすぎることもないだろう。そう考えてみると、小説にしかけられた方法に限らず、小説に書きこまれた聞きとりにくい声や見えにくい襞も、見落としてしまってはもったいない。

たとえば、小川洋子『ことり』（朝日文庫、二〇一六）という小説がある。この作品に登場する兄は人間の言語が理解できない一方で、鳥の声を聞きとることができる。もとより、母はさまざまな治療を試みるのだけれど、コミュニケーションが叶うことはない。その一方で、弟だけは、兄の言語を理解することができた。そうである以上、『ことり』とは、一般には理解困難な言語（の存在）と、それをいかに聞きとるかが主題化された小説だといえる。兄の語る言語は、次のようなものであったという。

お兄さんの言語を知らない人に、それを再現して聞かせるのは、たとえ小父さんでも難しかった。分かることと、喋ることとは別だった。カードの絵を当てるように、単語一つ一つを発音するのは可能だとしても、それは単なる断片に過ぎず、言語の全体を支える骨格と、根底を流れる響きの魅力をよみがえらせるのは不可能だった。

言語学者は雑音の一言で片付けたが、愚かとしか言いようがない。お兄さんの言語は乱雑さとは正反対にあった。文法は例外を許さない強固なルールに則《のっと》って組み立てられ、語彙《ごい》は豊富で、時制、人称、活用形なども整っていた。好ましい素朴さと、長い年月を費やして形成された地層のような安定と、思いがけない細やかさが絶妙に共存していた。

しかし最も特徴があるのは発音だった。音節の連なりには、誰も真似できない独特な抑揚と間があった。ただ単に独り言をつぶやいているだけの時でも、まるでお兄さん一人にしか見えない誰かに向って、歌を捧げているかのように聞こえた。一番近いのは何かと聞かれれば、それはやはり、僕たちが忘れてしまった言葉、といつかお兄さんが言い表わした、小鳥のさえずりだった。

ここで『ことり』にふれたのは他でもない。それとして、美しくも確かな秩序をもちつつも、必ずしも容易には理解できるわけではない言葉——「お兄さんの言語」=「小鳥のさえずり」とは、現代小説(の言葉)のアナロジーではないかと思うからだ。そうであれば、ここにいう『ことり』の登場人物である兄や弟が、世界からの声に耳をすませていたように、本書でも現代小説が語りかける声に、集中して耳をすませてみたいのだ。

その入口として、本書では方法なるものに注目していくけれど、目指すところは、やはり小説をよりよく読みたいということに尽きる。別のいいかたをすれば、方法を明らかにしたいというねらいはあるのだけれど、それぞれに魅力的な現代小説をよりよく読み、より深く読みとるために、方法を手がかりとしてみたいのだ。

こうしたねらいから、現代小説として編まれた言葉をていねいに読むことの読解-実践を、以下に展開していくことにしよう。

第一章

語り手を読む

江國香織「デューク」

小説を読むために

小説を読むということ。――それは、考えれば考えるほど奥が深く、わからなくなるようなことではある。ただし、小説を読む際に抱くそうした感覚と、あいまいなフィーリングに頼るしかない、ということとは違う。

小説家の立場から考えてみるならば、書こうとするモチーフなりテーマなりがあったとして、それをよりよく表現しようという問題意識によって、戦略的な方法が採られているはずなのだ。それについて、ことさらエッセイなどで積極的に語る小説家は、必ずしも多くないけれど、それぞれの小説表現には、小説家の意識／無意識に関わらず、多彩な方法が駆使されている。ふだんは、それほど意識して読むことはないにせよ、読者が読みとる感動や面白さには、（結果論にせよ）そうした方法が着実に作用していると考えられる。

本書では、現代女性作家による近年の小説八作品をとりあげて、それぞれの方法に注目し、作品固有の面白さを、積極的に引きだす読解を展開していきたい。

ここで、改めてフィクションであるところの小説を読む、とはどのような営為なのか考えてみよう。一つ一つの言葉の意味を理解しながら、その集積を統合していくというのが、具体的な読むという作業だとすれば、ここで重要なのは、当の対象が論理的な文章ではなく小説だという点である。もちろん、小説にしても、ある程度は論理的な文章と同じように読む必要があるし、実際そのようにして得られる理解も大きいだろう。ただし、そうした読み方のみで、当の小説が過不足なく理解できるならば、その時、小説らしい局面への十分な配慮がなされていたとはいえないはずだ。

ならば、小説を小説として読むためには、どうすればよいのか。

その一つとして考えられるのは、小説の読み方それ自体についてじっくりと考える機会をもち、そのことに意識的になるためのトレーニングを積み重ねていくことである。あるいは、方法論に意識的な小説を、そのようなものとして読んでいくことである。本書のねらいもまたそこにあり、具体的な小説表現をていねい、かつ、分析的に読み解いていきたい。

そのための第一歩として、ウォーミングアップからはじめてみよう。ここでは、教科書教材にもなっている江國香織「デューク」（初出『飛ぶ教室』一九八八）をとりあげて、早速小説を読むことのレッスンをはじめてみたい。

フィクションらしさ

まずは、「デューク」のあらすじを、江藤茂博「江國香織「デューク」を読む――文学入門／文学再入門のための小説解読ノート」(『十文字国文』二〇一二・三)から引いておく。

生まれたばかりの子犬のデュークが「私」の家にやってきた。そして、一緒に楽しく過ごした二十年近い年月を経て、デュークは老衰で死んでしまった。悲しみにくれる主人公の「私」。そして翌日、アルバイトへ向う彼女の前に、少年が現れた。彼と、プールで泳いだり、美術館にいったりする「私」は、すこしばかり悲しみを忘れることができたようだった。しかし、寄席に入ったあたりから、「私」にはデュークが死んだことでの悲しみが再び戻ってきたのだ。そして寄席に立ち寄った後、クリスマスソングが流れる大通りで、少年は「私」に、別れと感謝の言葉とデュークそっくりのキスをしたのだった。

急いで補足しておけば、「デューク」結末部のキスによって〝「私」が、少年と死んだ愛犬との間に同一性を認める〟という読み方が、小説としても読者サイドの解釈としても、これまでのところ共通理解とされてきている。それゆえに「デューク」は、ハートウォーミングな物語なのだ。

そのような「デューク」は、たとえば《愛犬のデュークを老衰で失った翌日、語り手の〈わたし〉は、その犬の化身を思わせる少年に出会い、一日つかの間のデートをする不思議な物語》(「先生、ここがわかりません！　岡野宏文×豊崎由美の中3国語再入門　第2回「現代文学」編（後編)」、『ダ・ヴィンチ』二〇〇八・一）と要約することができる。ポイントは《不思議な物語》というところにあり、〝死んだ愛犬が人間と化して現れる〟という非現実的な設定が構成上の鍵となっており、「デューク」はまさにフィクションであるところの小説というジャンルの特質を生かした一編といえる。

少年はデュークの化身か

まずは、「デューク」読解における最大のポイント——少年とは何者なのか、本当にデュークの化身なのか——を検討するところからはじめてみよう。

両者を重ねて理解するための根拠は、「デューク」終盤の次の場面である。

「今までずっと、僕は楽しかったよ」

「そう。私もよ」

下をむいたまま私が言うと、少年は私のあごをそっともちあげた。

「今までずっと、だよ」

なつかしい、深い目が私を見つめた。そして、少年は私にキスをした。

私があんなにおどろいたのは、彼がキスをしたからではなく、彼のキスがあまりにもデュークのキスに似ていたからだった。ぼうぜんとして声もだせずにいる私に、少年が言った。

「僕もとても、愛していたよ」

淋《さび》しそうに笑った顔が、ジェームス・ディーンによく似ていた。


少年は、楽しかった期間を「今までずっと、だよ」と強調するが、これはその日に出会って半日を過ごした相手にかける言葉としては不自然である。このことから、読者としては、「私」と「今までずっと」楽しく過ごしてきた存在を想定せざるを得なくなる。

つづいて、「なつかしい、深い目」とあるので、「私」にとって既知の親しい存在であるはずだが、この点も少年には適合しない。その上で、少年のキスを「デュークのキスに似ていた」と「私」が感じていることから、少年はデュークの化身だという可能性が浮上する。

一度《ひとたび》そう思ってみれば、「今までずっと」、「なつかしい」といった表現も、少年がデュークの化身ならば不自然なところはない。さらに、「僕もとても、愛していたよ」という台詞も、「私」が愛していた対象からの発言であるべきで、「ジェームス・ディーンによく似ていた」というのだから、「私」にとって少年はデュークと重ねやすい存在である。

そして、〝少年＝デューク〟という理解が成立した後から振り返ってみれば、次々と思いあたる伏線に気づき、こうした解釈の妥当性が否応なしに高められていくという仕掛けだ。たとえば、「私」はデュークの特徴について、次のように語っていた。

デュークは、グレーの目をしたクリーム色のムク毛の犬で、プーリー種という牧羊犬だった。〔……〕たまご料理と、アイスクリームと、梨《なし》が大好物だった。五月生まれのせいか、デュークは初夏がよく似合った。新緑のころに散歩につれていくと、匂《にお》やかな風に、毛をそよがせて目をほそめる。すぐにすねるたちで、すねた横顔はジェームス・ディーンに似ていた。音楽が好きで、私がピアノをひくと、いつもうずくまって聴いていた。そうして、デュークはとても、キスがうまかった。

たまご料理（オムレツ）、アイスクリーム、初夏（「古代インドはいつも初夏だったような気がする」)、ジェームス・ディーンに似た横顔、さらに後に語られる落語好きといったデュークの好みが、「私」と過ごした半日には散りばめられている。となれば、もはや少年をデュークの化身とみない方が難しい。「デューク」には、そうした理解を積極的に促す伏線がはりめぐらされているのだから。

ただし、〝少年＝デューク〟という理解は、あくまで「私」の主観に即したもので、それを読者が積極的に肯定した場合に成立する読み方ではある。そこで、〝少年＝デューク〟という「デューク」の読み方（の可否）について、語り手「私」の戦略という観点からもう少し考えてみよう。

まずは、少年の書かれ方に注目してみよう。まずは、「私」の前に登場した場面である。

> 「どうぞ」
> 無愛想にぼそっと言って、男の子が席をゆずってくれた。十九歳くらいだろうか、白いポロシャツに紺のセーターを着た、ハンサムな少年だった。

この時点で「私」は、少年を善意の他者である人間と捉えており、何かの化身のような特別な存在とはみなしていない。

また、少年が街中へと消えていく場面は、「青信号の点滅している横断歩道にすばやくとびだし、少年は駆けていってしまった」と書かれている。ここでも少年は、現実世界においても可能な仕方で「私」の前から姿を消していく。つまり、犬に戻るわけでもなければ、不可思議な仕方で消えていくのでもない。

その意味で少年は、徹頭徹尾、普通の人間として書かれている。逆にいえば「デューク」は、たとえばクリスマスの奇跡といったファンタジー（を志向した作品）なのではない。これは同時に、どこまで伏線らしき細部を重ねあわせても、〝少年＝デューク〟であることがはっきりとは書かれていないことを意味する。

「デューク」の構造

ここから、「デューク」という小説の構造――ひらたくいえばエピソードの配列順について、整理・検討をくわえていきたい。

時間軸に注目してみると、巧まれたエピソードの配列順も明らかになってくる。

小説の大枠としては、デュークの死の「次の日」、アルバイトに行きかけた「私」が、少年と過ごした半日の出来事が時系列順に語られていく。ただし、そこに時系列を乱すかたちで、時間軸としてはそれより以前の出来事・情報が挿入されている。

その第一は冒頭部で、「歩きながら、私は涙がとまらなかった」から「私は悲しみでいっぱいだった」という場面は、アルバイトに行く途中の「私」についての記述であり、この部分だけが抽出されて冒頭部に置かれている。そのことで、「デューク」は一連の出来事よりもデューク死後の「私」の悲しみがクローズアップされてはじまる小説となっている。

第二として、すでに引用したデュークの紹介（「デュークは、グレーの目をしたクリーム色のムク毛の犬で、プーリー種という牧羊犬だった」から「そうして、デュークはとても、キスがうまかった」）が挿入される。ここでは、長年ともに暮らしたデュークについて、ごく基本的な情報が手短に語られていく。その大半が、後に〝少年＝デューク〟という理解を支える伏線として機能していくことを考えれば、デュークの特徴から取捨選択された情報が、冒頭部近くに戦略的に配置されたとみるべきである。

第三に、「死因は老衰で、私がアルバイトから帰ると、まだかすかにあたたかかった」から「デュークが死んだ」までのデュークの死の場面も、「次の日」からみれば過去（前日）の出来事である。ここでは、「私」がデュークの死を看取ったことを回想して語っている。

以上、「デューク」は、「次の日も、私はアルバイトに行かなければならなかった」に先立つ、右に検討してきた三つの場面が、時系列を逸脱して配置されている。いいかえれば、「私」が少年と過ごす半日の出来事に先んじて、これらの情報を読者に提示しておくことが、語り手

「私」による語る順序の戦略だということになる。

小説後半には、もう一箇所、時系列の進行に「私」による情報提供が挿入されている。美術館の後に落語を聴きにいく場面につづいて、「デュークも、落語が好きだったのだ」と補足されるパラグラフがそれである。ここでは、より端的に、少年の好みをデュークの好みと重ねるようにして、「私」からの戦略的な情報提供が行われている。

このように、時間軸に注目して小説の構造を検討してみれば、読者への情報提供（のタイミング）に関して、読者への効果（意味作用）を想定した戦略的な語りが展開されていたことは明らかである。こうしたことが可能なのは、デュークが死に、少年との半日を過ごした後、それらを一定の時間を経て対象化（相対化）し得る時点に、語り手「私」が位置しているからに他ならない。こうした時間軸上の位置は、小説の結末部で少年にキスされた際の、「私」の語り方にも示されている。

私があんなにおどろいたのは、彼がキスをしたからではなく、彼のキスがあまりにもデュークのキスに似ていたからだった。

ここでは、「彼」（少年）のキスとデュークのそれが「似て」いることによって、両者の同一性を積極的に肯定していることを確認すると同時に、自身のおどろきを「あんなに」と振り返って語っているのだ。ここで、「あんなに」の一句によって、右の場面が、現在進行形によって語られたものではなく、事後的に回想した語りであることが明かされている。

そうである以上、ことのすべてを経験した後に、語り手になった「私」が、出来事の渦中にいた過去の自分を振り返りながら戦略的に語るというのが、「デューク」における語りの基本設定だということになる。従って、伏線が効果的に配置されているのは当然でもあり、断定はできないにせよ、語り手「私」の主観とそれに即した語り方によって、デュークと少年の同一性は保証されているのだ。

ペットロスの「私」

最後に、語り手「私」とはいかなる人物かについて考えておこう。これは、なぜ「私」は、死んだ愛犬デュークのことを語っているのかという、語りの動機をめぐる問いに変奏することもできる。

まず、「デューク」にはじめて登場した自己像（現在の語る「私」による、当時の「私」像）をみておこう。それは、すでに確認したように、時系列を乱して冒頭に配置されている。

歩きながら、私は涙がとまらなかった。二十一にもなった女が、びょおびょお泣きながら歩いているのだから、他の人たちがいぶかしげに私を見たのも、無理のないことだった。それでも、私は泣きやむことができなかった。

一応は、「他の人たち」の視線が感受されてはいるけれど、それによって「私」が泣きやむことはない。こうした様子は、アルバイトに行く途中も、全くかわらない。「かばんをかかえた女学生や、似たようなコートを着たおつとめ人たちが、ひっきりなしにしゃくりあげている私を遠慮会釈《えんりょえしゃく》なくじろじろ見つめた」にもかかわらず、「私」は泣きつづける。ならば、「私」はなぜ泣いているのか。しかも、外で、他人の視線があるにもかかわらず、こんなに激しく。その理由は、愛犬デュークが死んだからで、それは前日の出来事だった。

死因は老衰で、私がアルバイトから帰ると、まだかすかにあたたかかった。ひざに頭をのせてなでてているうちに、いつのまにか固くなって、つめたくなってしまった。デュークが死んだ。

書かれた通りデュークの死因は老衰なのだが、それは「私」とデュークが過ごした時間の長さを示してもいる。さらに、デュークは「私」のひざの上で死んでいったのであり、その死を、目の前で看取ったことになる。翌日、人目も気にせず泣きつづける、(うがった見方をすれば、幻覚として)少年と半日を過ごした「私」は、親しいペットの喪失によって強い悲嘆が生じる、いわゆるペットロス(症候群)の状態にあったとみられる。

デュークの生前に関しても、「私」の家族が書かれた場面では、「私」の正常さを疑い得る場面がある。一度めは冒頭近く、デュークを紹介する一節に配された、次の箇所である。

> 廊下を走ると手足がすべってぺたんとひらき、すーっとお腹《なか》ですべってしまった。それがかわいくて、名前を呼んでは何度も廊下を走らせた。(そのかっこうがモップに似ていると言って、みんなで笑った。)

注目すべきはパーレン内で、この時、「私」も含めた家族「みんな」がデュークのかっこうを笑っている。二度めは、「私」が少年と落語に行く際に挿入される、次の箇所である。

> デュークも、落語が好きだったのだ。夜中に目がさめて下におりた時、消したはずのテレビがついていて、デュークがちょこんとすわって落語を見ていた。父も、母も、妹も信

じなかったけれど、ほんとうに見ていたのだ。

ここでは、デュークの行動について、父・母・妹と「私」の間に大きな認識の違いがあらわれている。実際がどうだったのかは、〝少年＝デューク〟か否かと同様、断定はできない。重要なのは、「私」にとっては、犬が落語好きで、夜中にテレビで落語をみるという、一般的には非現実的と判じ得る出来事が、疑う余地のない「ほんとう」のこととして認識されている点である。

このような「私」が、長年ともに暮らし「私のデューク」と呼ぶ愛犬の死を、その手の内で迎えたのだから、対象喪失よる悲嘆は想像にあまりある。そのような「私」の状況（心境）をふまえれば、〝少年＝デューク〟の当否は二次的な問題にすぎない。語り手「私」にとっては、〝少年＝デューク〟に映じることが必要で、そのような半日を経て後、小説の結末部で次のような時間をもったことこそが重要なのだ。

私はそこに立ちつくし、いつまでもクリスマスソングを聴いていた。銀座に、ゆっくりと夜がはじまっていた。

右の一節は、単なるキスの後の、小説の結末らしい余韻などではない。時間（軸）という観点からすれば、ここには実に長い時間が、短い言葉に折り畳まれている。何しろ「私」は、「いつまでも」、「そこに立ちつくし」ていたというのだから。この時間は、単に少年との出会いとキス（の印象）によってのみもたらされたものではない。デュークと同一視した少年との出会いと別れを経て、デュークを失った悲嘆の中で、最後に贈られた「僕もとても、愛していたよ」という言葉をゆっくりと反芻し、「デュークはもういない」という現実を、「私」が静かに受けいれていく〝喪の仕事〟のための時間なのだ。

そうであれば、「デューク」における主題を、デュークが死んだ翌日の出来事からとりだすことは、実はできない。〝喪の仕事〟を経て後、「私」は語り手となって、この「デューク」という小説において、デュークと自分自身を、より正確にいえば、死んだデュークと自分自身との関係を、なぞるように語り得るところまで回復を遂げている。

だから、「デューク」から読みとるべきなのは、愛犬の死を悲しみ、その姿を追い求める「私」の姿ではなく、そのような自分自身を語り得るようになった語り手「私」の変貌なのだ。いいかえれば、「デューク」とは、語り手「私」による、ペットロスからの（セルフ）ナラティブ・セラピーそれ自体だったのだ。

第二章

マルチ視点ミステリー

湊かなえ『告白』

湊かなえ作品の形式

今や、湊かなえは、ミステリーという文学ジャンルにとどまらず、映画やテレビドラマへの原作・脚本の提供者としても広く知られ、文字通りのヒットメーカーとして活躍している。『高校入試』(二〇一二)や『夜行観覧車』(二〇一三)といったテレビドラマの他、映画ならば阪本順治監督『北のカナリアたち』(二〇一二、原作は「二十年後の宿題」〔『往復書簡』幻冬舎、二〇一〇、所収〕)が近年の話題作ということになろうし、WOWOWのテレビドラマ『贖罪』(二〇一二、原作は『贖罪』〔東京創元社、二〇〇九〕)では黒沢清が監督を務め、後に劇場でも上映された他、各国の映画祭に招聘されるなどの展開をみている。

このように活躍の一端を紹介するだけでも、死(殺人)、等身大の悪意、日常に潜む歪んだ本音などをモチーフとして構成された湊かなえのミステリーが、映像化を介しつつひろく支持されているさまが確認できるのだけれど、その原点ともいえるのが、デビュー作『告白』（双葉社、二〇〇八）である。
たとえば、『告白』が文庫化される際の「〝独白系〟ミステリーの最大の話題作『告白』が待望の文庫化！」（『ダ・ヴィンチ』二〇一〇・五）という記事には、次のような紹介文がみられる。

『告白』は、各章一人ずつの〝独白〟によって構成されたミステリー。単行本はすでに累計70万部を超え、4月の文庫化でさらに飛躍的に部数を伸ばすことは確実。6月の映画公開もアクセルとなって、今、もっとも注目されている〝独白系〟ミステリーなのだ。

ここに示されているのは、（文庫化を見通しながらの）『告白』のセールス上の数字、映画として映像化されるというメディア・ミックス的な展開、さらには《各章一人ずつの〝独白〟によって構成されたミステリー》という小説としての特徴的な形式、の三点である。
補足しておけば、『告白』は松たか子を主演に迎え、『下妻物語』（二〇〇四）や『嫌われ松子の一生』（二〇〇六）などで知られる中島哲也監督によって二〇一〇年に映画化され、記録的な動員を果たすとともに、賛否両論を巻き起こしつつ、国内外の映画賞に輝きもした。

さて、形式についていえば、すでに作品名をあげた『夜行観覧車』は時間軸を往還しながら展開させる時間操作、『贖罪』は章ごとに異なる語り手による独白、「二十年後の宿題」は単行本タイトル通りの教員と教え子による往復書簡、と小説としてそれとわかるユニークな形式が採られている。また、『高校教師』は、個別の利害をもった多様な人物による多角的な視点設定に、携帯電話やネット上の掲示板、手紙や張り紙などの新旧メディアを織り交ぜた形式が採られており、『告白』の延長線上に位置づけられる。

当の『告白』の形式についていえば、確かに章ごとに異なる登場人物によるモノローグが配され、それゆえ《〝独白系〟ミステリー》とも呼ばれ、また、そうした章の集積が必然的に〝謎〟に対して多角的な視線を構成することからマルチ視点と称されもする。

もちろん、湊かなえ作品で採られた形式が、小説表現（史）からみて、必ずしも画期的だということではなく、それはむしろ、ありがちなものですらある。それでも湊かなえ作品がユニークだというのは、一つには、そうした局面にとりたてて興味のない読者（層）にも、それとわかりやすいかたちで小説の形式が打ちだされているからである。また、ミステリーの核たる〝謎〟に関わるかたちで、形式がはらむ特徴（死角や情報のズレや時差）が活用されてもいる。さらに、作家論的にいえば、ユニークな形式はほとんどの小説で継続的・積極的に用いられてきた。

つまり、言葉本来の意味での新規（奇）性というより、今日、小説の形式を活用することでエンターテイメント性に接続しつつ、ポピュラリティーの獲得にも直結させているという意味で、湊かなえ作品はユニークなのだ。

告白とその聞き手

湊かなえのデビュー作『告白』は、まず、単行本にいう第一章にあたる「聖職者」（のみ）が書かれ、同作が第二九回小説推理新人賞を受賞し、『小説推理』二〇〇七年八月号に掲載された。その後、続編として「殉教者」（『小説推理』二〇〇七・一二、後の第二章）、「慈愛者」（『小説推理』二〇〇八・三、後の第三章）が発表され、さらに後の第四章〜第六章にあたる部分が書き下ろされ、二〇〇八年八月に単行本『告白』としてまとめられ、上梓される（二〇〇九年、第六回本屋大賞受賞）。

大胆にタイトルとして掲げられた『告白』とは、単なるタイトルにとどまらず、全編を貫く方法論でもある。ただし、本書にいう告白とは、単に隠してきたことごとを包み隠さず話す、ということばかりではない。「対談　湊かなえ×中島哲也」（『ダ・ヴィンチ』二〇一一・二／構成・文＝門賀美央子）には、次のような興味深いやりとりがみられる。

中島　脚本化するために何度も読み返すうち、この作品は本当の感情が絶対に表に出ないように書かれているんだと気づきました。決定的なことは書かないから、言葉の裏を想像すればいくらでも想像できるし、それによって読む人たちを引きつけていく。そこが周到だな、と。

湊　普通の一人称だったら、語り手の真情がすべて吐露されるけれど、この作品の場合、一人語りとはいえ、あくまでも「告白」。告白には必ず相手がいるわけで、その人に対しては真実を伝えるより、自分がこう受け取ってほしいとか、こういうふうに誘導したいとかいう意図のもとにつくられた話をするのではないかと思ったんです。

以下、章ごとに形式の基本設定／特徴と主な内容（〝謎〟）についてまとめていこう。第一章「聖職者」は、全編が中学校教員・森口悠子のモノローグで構成され、終業式のホームルームという具体的な場が設定されている。当初の話題は教員辞職の挨拶なのだけれど、それが問題含みの挨拶になるだろうということは、次の発言によって予示される。

牛乳の話はさておき、私は今月いっぱいで教員を退職します。「別の学校に転勤？」いいえ、教員を辞めるのです。辞職です。なので一年B組のみんなは永遠に忘れることのできない私の最後の生徒ということになります。残念そうな声を上げてくれた人たちどうもありがとう。「辞めるのはあれが原因か？」そうですね、そういうことを含めて、最後にみんなに聞いてもらいたい話があります。

辞職理由にくわえ、「あれ」〝みんなに聞いてもらいたい話〟というかたちで〝謎〟が準備され、これから語られる話が、その〝謎〟をめぐる告白であることを森口は自ら宣言する。教師になった理由から教員としての日々を振り返る森口の話は、いささか私的にすぎる印象をもたらすのだけれど、次第にそれが自分の娘・愛美が校内で事故死したゆえのものであることが明らかになる。しかも、「愛美は事故で死んだのではなく、このクラスの生徒に殺された」というのだから、告白の衝撃は大きい。

こうして、森口が語りつつある〝謎〟が、「愛美の死の真相」＝このクラスにいる真犯人についてであることが明らかになる。森口の語りは、当初から、クラスの生徒を具体的－直接的な聞き手として想定し、実践されていく。本文には、生徒からの問い返しや、生徒への直接的な問いかけなども書きこまれ、聞き手を前にしての語りであることが強調される。

ただし、当初は、ホームルーム中であり、生徒個々人が積極的に聞き手の役割を引き受けていたわけではない。その後、語るべき〝謎〟が明確に設定された時、森口は次のように述べて聞き手をふるいにかけていく。

廊下が騒がしくなりましたね。他のクラスはもう終わったのでしょうか。部活動や塾のある人、それ以外でも、出て行きたい人はそうしてもらって結構です。決して愉快とは言えない話を長々と続けていますが、この先もっと不愉快な話になっていきますから、聞きたくない人は今のうちに出て行ってください。誰もいませんか？　では、みんなが自分の意志を持って私の話を聞いてくれているものとして、続けたいと思います。

つまり、右の発言以降、教室にとどまった生徒は、自らの意志で森口の聞き手という役割を選んだということになる。逆にいえば、森口は、自らの告白を真実のものとするために、語り（手）の信憑性を保証する聞き手＝証人として、生徒たちを再設定していくのだ。この〝漠然とした聞き手から（内容的にいえば重い話が避けられない）告白の聞き手へ〟という作中における生徒の役割転換は、現実世界の読者にも同様の質的転換——傍観者的な聞き手から、〝謎〟をめぐる森口による告白の保証人へ——を要請する読解コードでもある。

言葉による告白／嘘

その後、森口は実行犯二人をそれぞれ「A」、「B」と称して、「愛美の死の真相」を語っていく。「殺意はあったけれど直接手を下したわけではないA」と、「殺意はなかったけれど直接手を下すことになったB」については、学校生活のエピソードや性格も織りまぜた話が語られ、直接の聞き手であるクラスの生徒には、犯人が誰か容易にわかる（現実世界の読者にも、そのことがわかるように書かれている）。

こうした情報を、しかし最後まで固有名を示すことなく語り終えた森口は、さらなる告白──「A」、「B」への復讐について語りだす。「母親としてはAもBも殺してやりたい」けれど「教師には子供たちを守る義務があります」という森口は、事故死という警察の判断を蒸し返すことはせず、「私は二人に、命の重さ、大切さを知ってほしい」と願い、次のような行動をとった。

私は二人の牛乳に今朝採取したての血液を混入しました。私の血液ではありません、二人がいい子になるように、そんな願いをこめて世直しやんちゃ先生、桜宮正義先生の爪の垢《あか》ならぬ血液をこっそりいただいてきました。

マスコミでも有名だったという桜宮は、HIVに感染したことで結婚こそしなかったものの、その実、愛美の父親であり、つまりは森口のパートナーなのだ。その血液を「A」「B」の牛乳に混入すること――これこそが、森口が語りたかった告白／復讐だったのだ。

ここで、こうした『告白』の道具立てについての批判にも耳を傾けておこう。具体的には、大西赤人「あるべき〝志〟の決定的な欠落――湊かなえ著『告白』について」（『社会評論』二〇〇九・四）における、次のような指摘である。

『告白』は、シングルマザー、HIV、少年法、味覚障害、いじめ、ひきこもりというような現代的キードを巧みにちりばめながら、むしろ社会的な切り口によって描かれた作品なのだ。エイズを道具にしたことだけで短絡的に非難するつもりはない。しかし、〝エイズ患者の血液＝死への凶器〟という基本プロットを立て、登場人物に終始それを追認させ、そのイメージを作者として最後まで否定せず、かえって増幅させつづけることよって読者にも恐怖を与えるという仕組みの『告白』は、僕にとっては決定的に〝志〟の低い作品と感じられ、この本が高い評価を得ている状況に対しては、ここに強く異議を唱えておきたいと考えるのである。

もっとも、『告白』やその作者が、エイズに関する偏見を助長していると短絡的にはいえないものの、曖昧で不確かな《イメージ》が参照されていることは確かで、その意味では、広範なポピュラリティーを得た『告白』を読む際の留意点であることは間違いない。こうした指摘を肯いつつも、この復讐が《イメージ》を活用した、正確にいえばすぐれて言語的なものであったことには改めて目を向けておきたい。

というのも、『告白』を読み進めれば明らかなように、この牛乳によって「A」、「B」がHIVに感染することはなく、そもそも牛乳には桜宮の血など混入されていなかったのだから。従って、森口の復讐は、一言でいえば嘘＝言葉なのだ。

ならば、なぜその嘘が真実性《リアリティ》をもちえたかが重要で、それは当の嘘が、（森口が言葉によってつくりあげた）告白というフレームの中に置かれていたからに他ならない。つまり、森口の告白（言葉）が真実性《リアリティ》を帯びていたがゆえに、そこで語られたことごとは真実性《リアリティ》を付与されていったのだ。もちろん、ここでの真実性《リアリティ》は、聞き手である生徒たち（さらには、現実世界の読者）によって保証されるものである。

『告白』第二章以降を読み進めていけば、こうした森口を視座とした捉え方は相対化されていくことになるけれど、少なくとも第一章の時点では、森口の戦略的な語りによって告白というフレームが十全に機能し、教室に放たれた言葉の連なりは水も漏らさぬ告白として成立してゆき、そのことによって疑念を差し挟む余地は排されていく。

これは、第一章の舞台となった教室で起きていた言語的事件であると同時に、『告白』という書物を没入するように読みはじめた現実世界の読者に生起していた、読むという出来事でもあったはずである。こうした仕掛けこそ、単なるモノローグではなく告白という形式を採りつつ、ミステリーとしてのエンターテイメント性も兼ね備えた、湊かなえのユニークさなのだ。

心をめぐるミステリー

ならば、第一章以降は、どのように書きつがれていったのだろう。湊かなえは、「湊かなえINTERVIEW」（映画パンフレット『告白』東宝、二〇一〇）で《森口先生が告白する「聖職者」以降の章については、どのように組み立てたのですか》という質問に、次のようにこたえている。

二章は、あの教室にいた子の視点にしよう。その子は今、誰に、何を言いたいか……たぶんそれは森口先生だろう。だったら、先生に手紙を書くことにしよう、と。あえて、先生に問いたいこと以外は書かないようにしました。彼女はルナシーかぶれだけど、それに触れたり、自分をアピールするようなことは書かず、自分の感情は排除して、事件に関して感じることだけを先生に伝えようと。

三章は直樹のお母さんの日記ですが、日記って、自分の内面を吐露しているようで、実は誰かに読まれることを前提にして書いている部分もあるじゃないですか。なので、自分の持っている汚い感情は書かず、でも本心は書いているようにみせました。〝人様にどこまで見せるか〟という最後のプライドみたいものはとっておこう、そういう書き方をしました。

四章の子は、何かを隠そうという気持ちはまったくないと思うので、整理して書かずに、むしろその場面ごとに、思いつくままに書こうと思いました。

つまり、第二章以降は、第一章、とりわけ〝「愛美の死の真相」とその告白〟という出来事を核として、それにさまざまな角度－距離から関わった人物を視座に書きつがれていったということになる。その際、それぞれの人物や利害に応じた情報の示し方－パフォーマンスが織りこまれ、その帰結として各章の形式が選択・設定されていくことになる。

第二章「殉教者」は、森口が学校を去った後、同クラスにおける翌年度の出来事が、クラス委員長の北原美月によって語られていく。とはいえ、美月の言葉は正確にはモノローグではなく、特殊な告白形式を採る。

裁きのあとの出来事を、先生は知らなければならない。そう思って、長い手紙を書いてみたものの、それをどうすれば先生に読んでもらえるのか……。いろいろと考え、苦肉の策だとは思いながらも、この手紙を、先生が休憩時間によく職員室で読んでいた、文芸誌の新人賞に応募することにしました。近頃は十代の受賞者もたくさんいるので、可能性がないわけでもないと思ったのです。

つまり、美月は読み手として森口を想定しながらも、不特定多数の読者を対象とした小説として、学校での出来事を、基本的には時系列に即して綴っていくのだ。担任のウェルテルこと寺田良輝、クラス内で集団的いじめにあう渡辺修哉、引きこもりになっていく下村直樹、いじめの標的とされ、渡辺と親しくなっていく美月自身のことが、さらには渡辺へのいじめが終わったこと、下村の母殺しなどが、森口に向けて報告されていく。

「この手紙を書いている今は、夏休みです」とつづける美月は、やはり森口を唯一の読み手とした手紙＝小説として一連のことごとを綴っており、第二章「殉教者」は第一章「聖職者」に対する後日談の意味あいが強い。さらに最後に、森口に向けた問いかけが、彼女の告白のせいで辛いめにあった美月によって綴られ、この手紙＝小説は閉じられる。

悠子先生、最後に一つ、訊いてもいいですか？
先生は、少年二人を自分が直接裁いたことを、今どう思っていますか？

ここに、『告白』第二章以降のポイントが端的に示されている。

つまり、当初〝謎〟と思われた「愛美の死の真相」は、すでに第一章で、かなりの部分明らかにされている。ならば、何が〝謎〟となって『告白』をミステリーとして展開させていくのか。それは愛美の死に関わった人々の心に他ならない。犯行に関わった生徒二人の動機やそれに対して復讐を図った森口の真意（深意）ばかりでなく、生徒たちの家族やクラスメイト、担任教師まで、それぞれの心こそが〝謎〟となって、章をまたいだ相互作用を生じさせつつ、この小説を展開させていくのだ。

そうであれば、先に引いた美月による第二章末尾の一節は、以後、『告白』の〝謎〟＝プロットの中心が心にあることを自己言及的に示したものといえる。つまり、それは文字通り森口への問いかけであると同時に、現実世界の読者に向けられたメッセージでもあり、興味を一定の方向へと誘導していく読解コードとしての役割を担ってもいるのだ。

取捨選択された日記

第三章「慈愛者」には、下村直樹の家族——その姉・聖美と母が言葉の書き手として登場する。冒頭と結末では、母の死と弟の殺人を知らされた聖美によって、母の日記を読む前後の戸惑いが記述され、その間に聖美が読んだという設定で母の日記が引用されている。つまり、この章は枠構造となっている。従って、日記（形式）によって母の心が表明されつつも、それは聖美というフィルターを介したものなのだ。

第三章冒頭で聖美の語りが強調していくのは、まずは下村家の「平凡」さ（「本当に何も思い当たることはなかった」）と「親殺し」という事件の特異性、そのギャップである。ギャップを埋めようとして聖美が多用するのが「歪み」という言葉で、それは「この半年のうちに何か歪みが生じる出来事が起きたのだろうか」という自問にきわまる。

そうであれば、やはり「歪み」の要因はみえない領域——つまりは母と弟の心に設定されることになり、それは日記を読む前に準備される（現実世界の読者も抱くであろう）〝謎〟へ向けられた読解コードでもある。

もう一つ、日記についての言及・意味づけにも注目しておきたい。当事者たる母と弟しか知り得ない〝謎〟を解きたいと思った聖美ではあるけれど、弟には直接会えず、母は他界してしまっている。「ふと私は、一人暮らしを始めるとき、母が私に日記帳を買ってくれたことを思い出した」という聖美は、あわせてその時の次のような母の言葉を思い出している。

「何かつらいことがあれば、お母さんはいつでも相談に乗るけれど、そんな気分になれないときは、一番信頼できる人に語りかけるような気持ちでこれに書いていきなさい。〔……〕楽しいことは頭に残して、つらいことは書いて忘れなさい」

これが「母の中学時代の恩師の言葉」だということを思い出しつつ、聖美は「母の日記帳を捜」すのだ。以下、「三月十×日」から「七月十×日」の五カ月あまりの期間の、一六日分の日記が引用‐提示されていく。ただし、単純計算でも、第三章に示されている日記は一〇日に一回程度の頻度で、逆にいえば残りの八、九割の日記は読み得ない（これが、もともとの空白なのか、聖美／テクストによる省筆なのかは判断不可能）。

ここから浮上するのは、示された一六日分の日記にしても、修正は想定しにくいにせよ、全文である保証はなく、事件に関わる記述（のみ）が取捨選択されている可能性が高いということだ。直接事件に関わる箇所は妥当だとしても、間接的な情報については、聖美が「歪み」と関わると判じた箇所が、あるいは聖美がみせたいと思った二人の心が、クローズアップされていると考えた方がよい。ここに、第三章冒頭部の聖美の語りの意味があり、それは以下に引用されていく日記の読み方をさりげなく示す、語りのパフォーマンス－読解コードでもあったのだ。

母の日記は、森口が家に来た翌日からはじまる。直樹が嘘をついた一部を除き、「愛美の死の真相」が森口と直樹によって語られ、母にも共有されていくのだけれど、その日の日記では「これは全部、哀れな森口の作り話」だとまとめられ、告白／言葉をめぐる真実／嘘という主題が提示される。その後、直樹の家庭内での不審な挙動や担任・寺田の訪問を軸にした、母の苦悩する内面、溺愛する息子を正当化する妄想、推察される息子の心などが綴られていく。転機――その直後には破局が待っている――となるのは、「七月十×日」の日記である。

「僕は森口先生に、エイズになるウイルスが入った牛乳を飲まされたんだ」

直樹は顔色ひとつ変えずに、こんな恐ろしい告白をしたのです。直樹の言葉を何度も頭の中で復唱するうちに、全身に徐々に鳥肌が立ってきました。

森口の話を嘘だと判じた母は、息子・直樹の告白は真実として受けとめている。どちらも、自分では確認不可能であるにもかかわらず、語り手に対する聞き手（母）の信頼度によって異なる受けとめ方がなされているのだ。しかし、こうした偏った聞き方は、それゆえ次の息子の告白を、真実として受けいれざるを得ない状況に自身を追いこんでもいく。

「森口先生は、あの子は気を失っていただけだ、って。それを僕がプールに落としたから死んだんだ、って」

「そんな、まさか……。でも、それだって、直くんは知らなかったんだから、事故じゃない」

「ううん、違うんだ」

直樹は、満面の笑みを浮かべてこう言いました。

「あの子は僕の目の前で、目を覚ましたんだ。そのあと、僕はプールにあの子を投げ落とした」

これ以降、破局への展開ははやく、母が息子を殺す決意を日記に書き記した後、結果的には逆に直樹が母を刺殺する。第三章としては、日記引用の終わりを示すアステリスクにつづき、この日記を読んだ聖美の戸惑いが記されていく——「母の日記を読み終えた今、私は出口どころか、自分の足元さえも見えなくなってしまった」。母の日記を読むことで「真実」をつかもうとしていた聖美は、多くの断片的な情報は得られたものの、自分の家族に起きた事態を理解することはできなかったようで、こと弟の心という領域に、近親者によって改めて〝謎〟が設定される。これはそのまま、(プロット展開の原動力としても、現実世界の読者に対しても)第四章への興味喚起ともなるはずだ。

不確かな少年の映像

第四章「求道者」は、「鼻先を赤くして、とぼとぼと歩いている中学生。――始まりの日」、「周りをきょろきょろしながらプールに忍び込む少年。――始まりの日から、一週間後」、「晴れやかな顔で目を覚ます少年。――事件、翌日」、「声を震わせながら語る少年。――事件から、一ヶ月後」、「席につき、青い顔をして俯いている少年。――家庭訪問から、一週間後」、「部屋の窓から、ぼんやりと空を眺めている少年。――復讐、直後」、「カーテンの隙間から、そっと来訪者を見下ろしている少年。――復讐から、約二ヶ月後」、「黒い塊を呆然と眺めている少年。――復讐から、約四ヶ月後」といった、タイトルと時間指標を伴って映像化された八つのシークエンスが主な内容となる。とはいえ、その前後には、一連の映像をみていると思しき「僕」を自称する人物が登場する枠構造となっている。

この「僕」こそ(殺人後の)下村直樹らしく、自分の名前もわからず記憶の同一性もあやぶまれる状態で施設の部屋にいる。先の八つのシークエンスは、解離よろしく、かつての自身の身に起きたことを他人事のように傍観する映像が、「僕」にフラッシュバックしたもののようなのである。そこでは、中学生活から殺人に至るまでの日々が、心の動きとあわせて綴られているのだけれど、それは右の設定により、作中においては嘘とも真実ともいえない。つまり、これまでの『告白』の展開－情報からは、整合性もとれており、確からしいのだけれど、映像の終わりを告げるアステリスクにつづいては、次のように「僕」の内面が書かれていく。

　白い壁に映し出される映像は、いつもここで終わる。ここに出てくるバカな少年はいったい誰なのだろう。そして、どうして僕はこの少年の気持ちが手に取るようにわかるのだろう。

　ところで、ついさっき、僕の姉だという人がやってきて、部屋の外から声をかけてきた。

「直くんは、何もしていないんだからね。悪い夢を見ていただけなんだからね」

　彼女は僕を「直くん」と呼んだ。あの映像に出てくるバカ少年と同じ名前で呼ばれるのが気に入らなかった。ただ、仮に、僕が本当に「直くん」と呼ばれる人物なのだとしたら、悪い夢というのは、あの映像のことではないかと思う。

これによって、「僕」がほぼ間違いなく下村直樹であることは判明するのだけれど、同時に、映像の中の「少年」と「僕」の同一性は、「気持ちが手に取るようにわかる」という一節によって確からしく重ねられながら、一連の出来事は「悪い夢」「映像」としてしか語られない。そのことによって、客観的な事実の再現として確定的に捉えることは困難となってもいる。

　つまり、別人格として、しかも曖昧な記憶を介すことで、映像の中の「少年」はさまざまなバイアスを被って書かれているはずなのだ。目や耳で確認可能なことごとについては、『告白』の他の章を参照することで虚実を判じることがある程度できるけれど、心についてはあり得た可能性の一つという域を出ることはなく、その多くが読み手の解釈にゆだねられていく。

ウェブサイト上の遺書

　第五章「信奉者」は、もう一人の少年、「A」こと渡辺修哉のモノローグ――ウェブサイト上に書き記された「遺書」からはじまる。遺書執筆当初の時点で渡辺は、明日に控えた二学期の始業式、体育館ステージ中央の演台での爆弾自殺を計画していることを明かす。もちろん、それはその場にいる教員・生徒を巻き添えにすることになるけれど、渡辺にとっては「前代未聞の少年犯罪」によってマスコミに騒がれることこそがねらいなのだ。「自分はどのような人間として扱われるだろうか」と考え、「「心の闇」などという陳腐な言葉を使い、ありきたりな想像を語られるくらいなら、このウェブサイトをそのまま公表してほしい」と願う渡辺は、第一にマスコミ（報道）宛にこの遺書を準備している。

従って、遺書の内容についても「世間はいったい犯罪者の何を知りたいのだろう」と、求められる情報を忖度しつつ、「生い立ち、内に秘めた狂気、それともやはり、事件を起こした動機だろうか。では、そのあたりから書いてみようと思う」と、目的・対象を明確に意識しながら書き起こされている。

殺人についての理念的な思索から書き綴られていく遺書は、しかし「価値観や基準というものは、生まれ育った環境によって決められる」、「人間を判断する基準値は、一番最初に接する人物、つまり、大概の場合は母親によって定められる」という一節を介して、いつしか自身の生みの母を中心にすえた、家族の思い出へとスライドしていく。そこで綴られるのは、（家庭の幸福よりも）研究を目指す生みの母に捨てられ、再婚した両親から疎まれることで生じた疎外感‐傷痕で、その感覚を渡辺は「小さな泡が一つ、パチンとはじける音がした」と表現している。

それからの渡辺は、「全国中高生科学工作展」への出品も、下村直樹を誘っての愛美殺害計画も、すべては生みの母に振り向いてほしいからだったということを隠そうとはしない。ここまでの『告白』の内容と重なる愛美の事件前後についても、法や倫理ではなく、生みの母に気づいてもらうため、という明確な目的意識から解釈・説明されていく。
その動機は、事件後急速に親しくなった美月との些細な諍いを契機として、次のようにして明るみに出される。

「ママは自分を愛していたけれど、夢を追いかけるために、苦渋の決断で出て行った。なんて思ってるかもしれないけど、結局、あんたを捨てただけじゃない。そんなにママを待ちこがれてるなら、自分から会いに行けば？　東京なんて日帰りで行けるし、どこの大学にいるかもわかってるんでしょ。ぐだぐだ言いながら待ってるのは、あんたに勇気がないからよ。自分から会いに行って、拒否されるのが怖いんじゃない？　ホントはもう、自分がママに捨てられてることに、とっくに気付いてるんでしょ」

この暴言の代償として、美月は渡辺に殺されてしまうのだけれど、それは指摘が正鵠を射ていたことの証左でもある。実際、「すべての決着をつけるために、K大学に向かった」という渡辺は、そこで生みの母にとって「子供という存在」一般ではなく、「修哉と名付けた子供が邪魔だった」ことを認めざるを得ない現実に直面する。その上で書かれるこの遺書のクライマックス＝最大の動機とは、次のようなものである。

これからおこなう大量殺人は、母親への復讐だ。彼女に己の犯した罪を知らしめてやるためには、この方法しかないのだ。
そして、今回の証人は、ウェブサイトに載せられたこの遺書を読んでくれているあなたたちだ。少年犯罪史上に名を残すであろう明日の出来事を、どうか最後まで見届け、この魂の叫びを彼女に届けてほしい。

つまり、渡辺の遺書は、一連の告白の中でも、メッセージ内容に比べて相手に届くことそれ自体《メタ・メッセージ》が重い意味をもっているのだ。遺書の内容はもちろん、そこに書かれた違法な行為も、すべて目的は一つの根から出ている。それゆえ、渡辺はこの遺書を不特定多数の人々が目にするウェブサイトに書き、事件の予告までしてしまう。それらすべての原動力こそ、生みの母に対する承認欲求なのだ。

その意味で、第五章は、肥大化した伝達の欲望を抱えた渡辺が、しかし当の相手＝生みの母が無関心だという現状にあって、いかにして相手に自分の声を届け得るかという、ねじれた告白の試みと位置づけることができる。

また、現実世界の読者からみても、第五章の特徴ははっきりしている。というのも、先に述べたように、愛美の事故死を軸とした一連の出来事は、すでに『告白』内で多くの情報が示されている。そうであれば、渡辺がフォーカスされたこの章に託された〝謎〟とは、いくら渡辺自身が「心の闇」という紋切り型を否定しようとも、やはり当事者の心に他ならない。

その後、本文にはアステリスクがおかれ、場面は渡辺が爆発事故を起こそうとしている中学校の体育館に移る。壇上で作文を読み終えた渡辺が、スイッチを押しても爆弾が爆発せずに焦るというところまでが渡辺視点で書かれ、章は閉じられる。そのことで、なぜ爆弾は爆発しないのか、誰が阻止したのかという新たな〝謎〟が設定される。

成就される復讐

終章にあたる第六章「伝道者」は、再び登場した森口によるモノローグ――携帯電話による渡辺への語りかけで全編が構成されている。

従って、全六章からなる『告白』という書物としてみれば、冒頭と結末に配された森口のモノローグが、あいだの四章を挟みこむ枠構造になっているということでもあり、それは情報量において終始圧倒的優位にたつ森口のアドバンテージを、形式的にも裏支えしたものとなっている。

修ちゃん、ママよ。——とでも想像していましたか？　残念ながらママではありません。
森口です。五ヶ月ぶりですね。

このようにはじまる第六章では、（第五章で示された）「愛するママへのラブレター」（渡辺のウェブサイト）を見てさまざまな情報を得て爆弾を解除したこと、終業式の日の牛乳に桜宮の血液は混入されていなかったこと、担任の寺田を半ば操っていたこと、渡辺の生みの母に会ったこと、などが足早に語られていく。そして、つねに「復讐」を忘れていなかった森口は「愛するママへのラブレター」によって、あるアイディアに想到する。北原殺害の件を警察に連絡したという森口が、しかし少年である渡辺に「復讐」するために採った手段——それは、渡辺の手によって、すべての引き金となっている生みの母を殺害させることであった。

渡辺くん、私はあなたが作り、学校に仕掛けた爆弾を、解除しただけではありません。それを別の場所に設置し直してきたのです。あなたがスイッチを押さないことを願っていました。しかし、あなたはスイッチを押した。〔……〕
K大学理工学部電子工学科棟第三研究室、そこが、新たに爆弾を設置した場所です。爆弾を作ったのも、スイッチを押したのもあなたです。

ねえ、渡辺くん、これが本当の復讐であり、あなたの更正の第一歩だとは思いませんか？

これが第六章／『告白』全体の結末部である。ここに「復讐」の成就が示され、森口による復讐譚という『告白』のストーリー（の一面）は完成をみる。それは同時に、現実世界の読者にとってみれば、愛美を殺された森口が抱えてきた心――悲嘆の深さ／復讐心の強さを、その言動を通して読むことでもあったはずで、プロット全体の中心的な〝謎〟とそれに対する解としての心が一つの大きなサイクルを閉じる。

ただし、急いで補足しておきたいのは、『告白』における全体および章単位における形式が果たしてきた重要な役割である。森口と渡辺の対決だけならば、第一章と第六章（つけたせば第五章）のみでも一応筋はたどれるものの、これほど立体的に各人物とその心を描出することは叶わなかっただろう。

また、各章で展開された、モノローグを基調としたバリエーション豊かな告白の諸形式によって、ある面では書き得る領域の限定をひきうけつつ、作中人物に即した死角が、逆説的に隠していた真意（深意）やさらけだしたい本音など、語り手のパフォーマンスを重ねつつ人物―心は示されてきた。そのことで、小説としては情報がズレと重なりをはらみつつ重層化され、そのすべてを見渡し得る現実世界の読者にとっては、複雑な現実の表象として作品世界が提示されるのだ。

マルチ視点の乱反射

マルチ視点とも称される『告白』は、第一章と第六章がわかりやすく示すように、発端の出来事（愛美の死）がそれぞれの人物に、時間の経過を伴った影響を与えながら展開していく。それでも、複数の章において（変奏を伴いながら）反復される単一の出来事もあり、そうした場面では、告白する人物の利害やキャラクターが鮮明に示されるだろう。

ここでは、その一例として、愛美殺害の真犯人が（渡辺ではなく）下村だと明かす森口の告白が、どのような乱反射を招いたかみておこう。

まずは、第一章「聖職者」において、それぞれの当事者にとっての衝撃の事実として、森口が真犯人を告白した一節を引いておく。

Ａがまた殺人を犯したらどうするんだ？

冷静ですね、ゲーム脳というのでしょうか？　ＨＩＶの話より殺人事件の話の方が落ち着いて聞けるなんて、私には理解しがたいことです。ただ、Ａがまた殺人をというのには誤りがあります。〔……〕心臓を患っている人ならともかく、たとえ四歳の子供でも、あれで心臓を停めることはできません。〔……〕先程も言いましたが、愛美の死因は『水死』です。事件の翌日、Ａは愛美がプールの中から発見されたことを知り「何で余計なことをしたんだ」とＢに詰め寄りました。言葉の意図はまったく違いますが、私も同じことをＢに言いたかった。助けを呼びに来てくれなくてもいい、せめて、そのまま逃げてくれればよかったのに……。

そうすれば、愛美は生きていたはずです。

これに対して、第四章「求道者」における当事者「Ｂ」たる下村直樹は森口の告白が進むにつれ、教室内のまなざしによって、「殺される、殺される、殺される！」と追いつめられていく。そこに、追いうちのように、「Ｂ」が真犯人だと言明され、下村は次のような心境に陥る。

「渡、あ、えっと、Ａがまた殺人を犯したらどうするんですか？」

いきなりそんな質問をしたのは、小川くんだ。こいつ、おもしろがってる。

「Ａがまた殺人をというのには誤りがあります」

僕のからだは深い水底へと、一気に引きずりこまれていった。

森口は「殺したのはB（つまり僕）」だと断言したのだ。あれくらいの電流じゃ死なない。愛美は気を失っていただけだ、と。

「……」

みんなが僕を見ている。渡辺はどんな顔をしているだろう。確認して笑う余裕なんて、どこにもなかった。

ここでは、「Aがまた殺人をというのには誤りがあります」という森口のセリフが、場面の同一性を保証している。そこに書かれた心については、「A」たる渡辺修哉のケースと比べてみると歴然とした差異があり、それが二人のキャラクター（の差異）をあぶりだしてもいく。第五章「信奉者」で、「終業式の日、クラス全員の前で退職することを告げた担任は、別れの挨拶と見せかけながら、事件の真相を語り始めた」と、当事者ながら冷静に話を聞いていた渡辺は、むしろ真犯人として名指されるのを心待ちに、まずは教室内から注がれる視線を心地よく受けとめている。その直後、やはり先の森口の台詞が反復される。

「Aがまた殺人を犯したらどうするんですか？」という調子に乗った馬鹿の質問により、衝撃的な事実が告げられた。

「Aがまた殺人をというのには誤りがあります」

当事者であり、事件をすべて把握しているにもかかわらず、何を言われているのかわからなかった。

「心臓を患っている人ならともかく、たとえ四歳の子供でも、あれで心臓を停めることはできません」

発明品を否定され、子供を殺したのは自分ではなく下村だ、と言われたのだ。自分は子供を気絶させただけ。その後、勘違いした下村がプールに落としたことによって「水死」したのだ、と。皆が一斉に、真の殺人犯である下村に注目した。

恥。これ以上の恥さらしはなかった。その場で舌をかみ切って自殺してやろうかと思ったくらいだ。


こうして、時間的な振幅を孕んだ出来事の進行と平行するように採用される、単一の出来事に対する複数の視点――マルチ視点という形式によって、森口の告白を動揺しながら聞いていた下村と、冷静に聞いていた渡辺の差異が、それぞれの心とともに描出される。それは、そのまま二人のキャラクター－愛美の死に対する受けとめ方の違いでもあるし、さらには現実が本来もっている重層性や複雑さを表象してもいる。

このようにして、マルチ視点という形式を採った『告白』は、芥川龍之介「藪の中」の形式を部分的に引きつぎつつも、その時間軸の長さや登場人物の利害－キャラクターの多様性に呼応するように、多彩な形式が各章ごとに用いられている。

その意味で、湊かなえ『告白』とは、エンターテイメント性をもったミステリーであると同時に、形式のショーケースとでも称すべき面をもちあわせてもおり、その双方が有機的な関係を切り結ぶことによって成立した、ユニークな現代小説なのだ。

第三章

書かれた日記について書く小説

青山七恵『やさしいため息』

「どんなことが書いてあるのか知りたくてたまらないよ。これは一種の日記なのかい?」

クラウスは言う。

「いや、嘘が書いてあるんです」

「嘘?」

「そうです。作り話です。事実ではないけれど、事実であり得るような話です」

——アゴタ・クリストフ/堀茂樹訳『第三の嘘』

"書くこと"へ

キャリアの確認からはじめてみるならば、第四二回文藝賞受賞作となった「窓の灯」(『文藝』二〇〇五・冬)でデビューした青山七恵は、第二作「ひとり日和」(『文藝』二〇〇六・秋)で第一三六回芥川賞を受賞し、その受賞第一作として「やさしいため息」(『文藝』二〇〇八・春)を発表する。その後も、最年少で川端康成賞を受賞した「かけら」(『新潮』二〇〇八・一一)や、織田作之助賞候補となった『すみれ』(文藝春秋、二〇一二)など、青山七恵はゆるやかなペースで着実に佳作を発表しつづけてきた。

もちろん、その間、小説家として変化‐進化を遂げてきたように見えるのだけれど、それらを貫く作風については、江南亜美子が「本　堆積する時間の描かれかた　青山七恵『あかりの湖畔』」(『新潮』二〇一二・三)で次のように論評している。

たったいまは、表面上になにも起こっていない凪いだ時間を過ごしている人物にも、かつていくつもの「なにか」は起こり、そのひと自身を形づくっていった。皮膚をすこし削るだけで赤黒い血がふきだすように、すべらかにみえる表面の下には生々しい過去の経験や記憶が潜んでいる。時間には堆積した厚みがあり、若かろうと老人であろうと、ひとは厚みとともに生きている――青山七恵という小説家のもつ美質をひと言でいえば、おおよそ小説の登場人物らしからぬ派手さのない人物たちの、その厚みを描き出せるという点だろう。

確かに、青山七恵の小説に派手な道具立て、突飛な出来事、非凡なキャラクターなどがもりこまれることはなく、むしろそのほとんどが等身大の日常(性)とでも称すべき要素から成立している。にもかかわらず、その小説表現は凡庸さからはおよそ縁遠く、深みや生々しさすら感じさせる。江南によれば、それは端的に描写力によるのだというし、「きんようぶんか読書青山七恵『やさしいため息』河出書房新社」（『週刊金曜日』二〇〇八・六・一三）の陣野俊史もまた、《青山さんの小説は、描写の正確さによって出来ている》と、同様の指摘をしている。

　本章でも、そうした評価を肯いはする。それでも、青山七恵の小説が一作ごとに固有の相貌をもち、変化－進化があるとするならば、その描写力に感嘆してばかりもいられまい。

　たとえば、近年の『わたしの彼氏』（講談社、二〇一一）や『すみれ』（文藝春秋、二〇一二）などにおいて顕著なのは、小説に登場する人物が、小説や自伝を書くという行為である。つまり、〝書くこと〟というモチーフが青山七恵の小説群においてせりだしてきたように映じるのだけれど、その端緒を求めれば、明確なかたちで〝書くこと〟をモチーフにした小説として『やさしいため息』（河出書房新社、二〇〇八）にたどりつく。しかもそこで展開される〝書くこと〟とは、単に小説のモチーフというにとどまらず、ＯＬの日常（におけるささやかな変化）といった物語内容よりも重要なテーマを成しているようにみえ、さらにいえば青山七恵による〝小説上で展開された小説論〟のようにすら読める。

　そこで本章では、『やさしいため息』の精読を通じて、青山七恵にとっての〝書くこと〟について、日記という形式に注目した読解を進めていきたい。

まなざされる生活‐書かれる日記

ここでの興味は、（一通りの内容理解という意味で）読めば読める『やさしいため息』のストーリーにはないので、それについてはインタビュー記事「青山七恵『やさしいため息』河出書房新社」（『ダ・ヴィンチ』二〇〇八・七）における紹介文を参照しておこう。

ストーリーはひとり暮らしをするＯＬまどかのもとに、行方不明だった弟の風太が現れ、部屋に転がり込んでくるところから始まる。今日一日どんなことがあったのかをまどかに訊ねては、それを日記に綴る風太。はじめは嫌がっていたまどかだったが、自分の毎日が弟の視点で書かれるその日記が次第に気になって行く――。

こうしたストーリーをもった『やさしいため息』のアイディアは、芥川賞受賞後の実体験によるものなのだという。「新刊・著者インタビュー第9回　青山七恵『やさしいため息』」（『編集会議』二〇〇八・八）から、青山七恵本人の発言を確認しておこう。

他人の日記をつけるというアイデアは、芥川賞受賞のインタビュー記事で、自分のことを読んだ時の不思議な違和感がもとになっています。自分が考える自分ではなく、他人が表現する自分に対して、どう感じるのかにすごく興味がわきました。今回、その思いは主人公のまどかが自分を変えてみようと思うきっかけに反映されています。まどかは半分嘘が混じった自分の記録を読むことで、あったかもしれない自分のもう一つの生活に思いを巡らせるんです。

今一度確認しておくならば、『やさしいため息』とは、女性単身者であるまどか（姉）の日常をていねいな筆致で描出した小説である。そこにもりこまれているのは、まずはOLとしての平凡な日々なのだけれど、風太（弟）がその生活に闖入してくることで、徐々に変じていく。そこでの変化とは、確かに風太との同居にまつわることごと（そこには、風太の友人・緑との恋愛めいたいきさつも含まれる）に起因するのだけれど、決定的なのは、風太よりもむしろ、風太がまどかの生活を〝書くこと〟にこそある。逆にいえば、まどかは風太に書かれる立場に置かれる。

こうした設定について、青山七恵作品史を視野に収めた上で転換を読みとる榎本正樹は、「「さみしさ」と表裏一体の感情　青山七恵「やさしいため息」」（『文学界』二〇〇八・七）で次のように論じている。

この作品でまず注目されるべきは、語り手の変更だろう。これまでは、他人の家に寄宿する奇妙な性癖をもった主人公の側の視点で語られてきたが、本作では住む場所を提供し、なおかつ性癖の影響を被る側（ミカド姉さんや吟子さんの側）に視点が移される。このことは、単なる語り手の変更に止まらない。視る／視られる、記述する／記述される関係、つまり主体と客体が逆転し、弟によって観察される客体である「わたし」が彼について語っていく新しい関係のモードが提出されることで、青山作品を特徴づける「まなざしの交錯をめぐるドラマ」は、より複層化されることになるのである。

こうした様相は、まどかが風太の日記に書かれる前から、さりげなく起動している。電車での突然の再会後、喫茶店で一日終業を待ちつづけた風太は、仕事を終えたまどかに「まどか、部下がいるの？　すごいね、偉くなったね」と声をかける。事実は逆なのだけれど、風太には、まどかが部下を引きつれて歩いていたように見えたというのだ。

「え、何、昼？　見てたの？　こっちからは全然見えなかった」
「ここから見えた」

風太は背中のガラスを指差した。確かに、額がくっつくくらいガラスに顔を近づけると、隣の店とのあいだの細い隙間から地下道がわずかに見えた。嬉しいような気がした。部下を引き連れて歩く先輩に見えたのだ、このわたしが。

ここには、見る／見られる関係の非対称性が鮮やかに書かれているけれど、まどかが見られることの快楽を自覚している点も見逃せない。先輩に見えたそのことよりも、見られるというかたちで自己認識とは別の自身が現象し、しかも、それが現実とは異なってもよいのだと肯うこと——つまりは、もう一人のフィクショナルな自分が生まれたことの気づき。

風太のノート

通勤電車で突如再会した風太を自宅に泊めた翌日、まどかは「昨日風太が寝ていた毛布の脇に、大学ノートが落ちている」のを見つける。しかも、「表紙には「まどか」と縦に太いマジックペンで書かれている」。

何も言わずに開いてみると、一ページ目に「希望はない」という言葉でしめくくられた数行の文が記されていた。読んでみると、昨日寝る前にわたしが風太に話したことがそのまま書かれていた。

そう思ってみれば、確かに前夜、まどかは風太に質問されていた。

「今日はどんな一日だった？」

「別に。よくもなく悪くもなく。会社に行って、電車の中で風太に会って、連れて帰ってきた。そういう一日」

書かれるなど予期することなく交わした会話が、風太のノートに書かれると次のような文字として現象し、まどかは少なからず衝撃を受ける。

『昼に同僚とパスタを食べる。食事のあいだは、仕事の話と週末の話とだんなさんの話をする。だんなさんというのは怒ったりお菓子を作っている。仕事をしているときは、主に仕事のことを考えている。それ以外は思い浮かばない。希望はない。』

たった数行ほどの走り書きの文字が、わたしの一日だった。だんなさんのところまでは嘘だから、そのあとの部分だけがわたしの一日だ。その数行をコピー、貼り付け、コピー、貼り付け、をして、続いていく毎日だ。

こうした小説の冒頭部で提示されるエピソードについては、伊井直行・清水良典・小谷真理「第三八四回　創作合評」(『群像』二〇〇八・三)で次のように論評されている。

清水　他人の人生を記録するというのは、ある意味、残酷なことですね。お前の人生はこんなに何もないんだということを形であらわすわけですから。

伊井　会社員の人生はいかにつまらないかということを、弟は姉に向かって見せつけているというふうにも読めます。

もちろん、さしあたりはまどかもそのように感じているし、そのように読めば、『やさしいため息』はとても理解しやすい小説だということになる。ただし、見られる(書かれる)ことに由来するフィクショナルな自分に快楽を見出し得るまどかであってみれば、ことはそう単純ではない。自身の生活を鏡よろしく映しだすノートにネガティブな作用しか見出せないなら、作中で緑がそうしたように、風太を追いだして書かれることから逃れればよい。しかし、まどかはそうしない。そればかりか、書かれることにくわえて、さらなる快楽をノートに見出していくだろう。

「まどか、高校生のとき日記つけてただろ。俺が今、まどかの代わりに日記をつけてやってるんだ。書いてもらえるなんて、ラッキーだよなあ」

「ぜんぜん」

そう言いながらも、わたしはもう一度ノートを読んでいた。

続きがあってもいいかもしれない、と思った。高校生のときに書いていた日記は、枚数が増えていくのが楽しくて、書き続けることで一つの話ができあがっていくようで、書くときよりも読み返すときのほうがどきどきしたものだった。それと同じ懐かしいときめきが、新品のノートの紙の匂いに混じって、今、鼻の奥のほうをほんのわずかに刺激している。

つまりまどかとは、風太のノートをめぐって、それを忌避して排すどころか、積極的に書かれることを望み、さらには積極的に(書かれたフィクショナルな自分を)読む人物-小説上の装置なのだ。逆にいえば、風太とは、そうしたまどかの欲望を満たすために、あらわれ、話を聞き、ノートに書き、読ませるための人物‐小説上の装置だということになる。だからこそ、『やさしいため息』という小説内では、登場人物たちの内面や行動よりも、さまざまな様態をとった言葉（の交換）こそが重要になる。

触発するノート

《「わたし」に影響を与えるのは、現実のできごとではなく、ノートに記録された言葉であることに注目したい》と榎本正樹が「「さみしさ」と表裏一体の感情」（前掲）で指摘するように、まどかは（自分について）書かれたノートを読むことによって、これまでになかった発想‐行動へと踏みだしていく。

懇親会などなかったけれども、なんとなく言ってしまった。でも、たまにはいい。風太が来てからは、ずっと彼と一緒の夕食だった。「週末は終電近くまで」と言ったのに、先週はうっかりふつうに帰ってきてしまったから、今日ぐらいは「同僚と飲みに行く」というのをやらないと、なんとなく気まずい。

それは不要な気まずさだけれども、嘘をついているのを疑われて、説明したりしなかったりするのは、想像するだけでも気が重い。まっすぐ帰ってきてもわかりっこないのだ。

でも、もし可能ならば、本当に誰かとちょっと食べて帰ってくるのもいいかもしれない。
思わぬところで開いた穴から、一瞬風が吹いた。ふと思いついたこの考えが、電車に乗っているあいだ頭から離れなくなった。

この時まどかは自意識過剰になっており、風太が確認するとも思えない、自身のついた嘘について思いをめぐらし、むしろ嘘に発想－行動をあわせていく。この動因《ドライブ》となっているのは、単に風太の存在なのではなく、(夜、質問にこたえて自分が語ることで) 風太が書くノート、さらにはそこに書かれたフィクショナルな自分を読むことへの強い興味である。
しかも右のような一連のプロセスには、嘘が幾重にも折りたたまれていく。こうした局面については、「本　偽日記文学の系譜　青山七恵『やさしいため息』」(『新潮』二〇〇八・八) の田中弥生が次のように整理している。

このノートは内容的には「まどかの日記」だが、風太がつけているから、そもそも偽日記だ。さらにまどかが会社で同僚と親しくつきあっているように日常を作り替えて風太に話しているため内容も半分嘘である。「江藤まどか」は二重に偽日記なのだ。そしてこの偽日記が、物語の進行とともに現実化していく。

してみれば、偶然に再会した姉弟は、その夜から言葉（の交換）によって深く関わっていたのだ。その流れを、今一度まとめてみよう。

①まどかが生活をする
②風太が質問をする
③まどかが語る
④風太がノートを書く
⑤まどかがノートを読む
⑥まどかが生活をする

もちろん、①と⑥の「生活」には、単に時間の経過に伴うまどかの経験ばかりでなく、②～⑤の〝書くこと〟をめぐる経験が大きく関わっていくだろう。さらにいえば、③を中心に、それぞれの段階において嘘、あるいはそれに類したものが混ざっていく。というのも、聞いた話をありのままに書く（④）／書かれた文字を過不足なく読む（⑤）ことなど原理的に不可能だからで、まどかが自覚的に語った嘘とあわせて、〝書くこと－読むこと〟にまつわるズレが、ノートをフィクションへと変じていく。

ノートの効果

まどかは、風太と同居してから、「風太のあのノートに記録されているような変わり映えのしない毎日が、永遠に続くのだろうか」という思いに、改めて囚われていく。まどかにとって、ノートはそのことに気づく契機であったと同時に、そうした現状－日常を突破するための踏切板でもある。

風太が、まどかについて書いたノートを読んで「なんか、ぜんぜん起伏がないなあと思って」といえば、まどかは次のように応じてみせる。

「起伏？　必要ない」
「ほのぼのとした日常って、続きすぎると苦痛だよなあ」
「読む人にとってはでしょ。そんなの読むの風太だけだよ。本人はちっとも苦痛じゃない。そんなこと考えてるほど暇じゃない。あたしは毎日ちゃんとご飯が食べられればいい」

そうはいうものの、図星をつかれた格好でもあり、「味付けしている毎日の記録なのに、起伏がないと言われたのは意外だった」とも感じる。そこから、具体的には緑との関係を進めるというかたちで、まどかの日常は、単純な日常の反復とは少し異なった様相をみせはじめていく。

このあいだから、どうでもいいような嘘のあいまに、緑君と会って、食事をし、次の食事の約束をとりつける、という一連の出来事が、ノートの中でちゃんと記録されている。なんの盛り上がりもない簡素な記録だけれども、読んでいると少しずつ、でも確実に物事が進んでいるんじゃないかという気になってくる。

ここで重要なのは、緑という異性との関係それ自体よりも、ノートと〝書くこと〟に関わって人生が動きはじめていることで、まどか自身もノートに「執心している」ことに自覚的である。だから、まどかは現実の言動を反芻するよりも、それが書かれたノートを読むことを選ぶ。

『緑を家に呼んで食事をした。来る前まではいやだった。弟がエビチリを作った。おいしかった。三人で談笑した。駅まで送るはずが、誘われて緑の家に行った。一晩過ごして帰った。朝帰ってきて、一日中寝ていた。』

今朝読んできた週末の日記は、一語一語が事実だった。今まで風太に話してきたどの一日よりも作り話のようなのに、本当の話だった。家を出る前に、わたしは何度も読み返した。

こうして、その生活に〝書くこと〟を中心とした言葉（の交換）が入りこんでくることによって、まどかは「数週間前までと生活の場はまったく変わってないはずなのに、見えている景色が違う」と感じ、その効果は人間関係の受けとめ方や同僚の笑顔の見え方にまで及んでいく。それが、まどか自身の読むという行為によるものであることは、風太が書いていた、他の人物についてのノートに目を通した際にはっきりする。知らない人物につづき、緑のノートを読んだまどかは、次のように感じる。

彼の記録には、他の人たちのノートの中にある一つの筋のようなものが見つからない。これはと思う出来事も、次の日には跡形もなく消えてしまっている。それは彼が、今夜わたしに言った通り、何にも、誰にも執着しないからなんだろうか。一つの出来事が地続きになって彼の生活を変えてしまうことなどないのだろうか。

やはり、まどかは〝読むこと〟を選ぶ――ノートを読んで、「筋」の有無を見出し、それが「生活」に及ぼす影響にまで思いをめぐらせていく。そうした人物‐小説上の装置であれば、一度は関係をもった緑とつづかないのは、けだし当然である。風太のノートと〝書くこと〟に触発されて、まどかは書かれ／読むことを欲望したのに反して、風太を追いだした緑は、ノートを読むことも、生活がかかわることもなかったのだから。

日記／小説をめぐる〝書くこと〟

最後に、風太が去っていく小説後半に注目しながら、少しく視野を広げてみよう。鴻巣友季子は「弟が聞き書きする「姉の日記」の虚実　青山七恵『やさしいため息』」(『週刊朝日』二〇〇八・八・一)で、作中の日記に書かれた嘘をそれと知りながら肯い、納得していくまどかのあり方を《非常にスリリング》だと評し、《小説と、小説を読んでその嘘を「リアル」だと感じる読者との関係図によく似ているではないか?》と、現実世界での読書行為を重ねた見立てを示している。また、豊崎由美は「すばる文学カフェ　作家の成長を見せる新作　青山七恵『やさしいため息』」(『すばる』二〇〇八・八)で、《人の心を動かす言葉(言霊)の力、つまり小説が持つ根源的な力についても描いているのではないか》と、小説内における〝書くこと〟ばかりでなく、小説の原理的な側面についても論及している。双方とも、小説内部に読みとった要素を、小説の外側＝現実世界に折り返して二重写しにすることによって『やさしいため息』を評価している。ここに、青山七恵による〝小説上で展開された小説論〞を探るヒントがある。

この論点を掘りさげていくために、今一度、田中弥生「本　偽日記文学の系譜」（前掲）を参照してみよう。

小説内で生成されていく偽日記の文体がその小説自体と一致するなら、書かれた偽日記と、それを内に含む作品の境界は存在しない。つまりこの「やさしいため息」全体が、偽日記「江藤まどか」の完成型である可能性があるのだ。

これにつづき田中は、《「風太」が有名なレッサーパンダの名で、「緑」が有名なトキの名であることを思えば、「風太」の実在は疑わしい》として、《この作品が「弟が書いたという設定で偽日記を書いている女性、まどかの日常」を青山七恵が記録した、偽日記小説であるということを意味する》と自説を展開していく。

駅で、部屋で、街の中で、わたしはある声を探している。風太のノートに書かれた文字のように、その声がわたしの生活を語ってくれることを待っている。

右の結末近くの一節にふれて、清水良典は「第三八四回　創作合評」（前掲）で《人に語ってもらうことでしか輪郭が持てない、現代人ののっぺらぼうさが、このノートによって象徴されている》と指摘しているけれど、重要なのは、現代の象徴を読むことよりもむしろ、まどかが待ち望んだ「声」のゆくえと、この『やさしいため息』とを考えあわせてみることである。

小説論としての小説

まどかが、まずは書かれることに、ついで書かれた自分を〝読むこと〟に快楽を見出す人物―小説上の装置であることは、すでに論じてきた。そんなまどかが、風太の去った後、自身について誰か／何かが「語ってくれることを待っている」。そのまどかは、ノートを読むことで次のように書き手の風太を想像してもいた。

> ノートを閉じている今、不思議と目に浮かぶのは、見知らぬ人々の生活を記した筆圧の弱い字より、その字を次の字へとつなぎあわせている余白の部分だった。風太という人の形が、文字たちのあいだに、窮屈そうにはさまっている気がした。

ここでは、ノートに書かれた文字を読み、「余白」へと想像をたくましくしているまどかの姿を確認した上で、次の本文もみてみよう。多くの人についてノートを書いてきたことについて、まどかが風太に「でもこんなこと書いて、何が楽しいの？」と問うた後のやりとりである。

「みんな同じこと聞くよ。でも聞くだけ。みんな、最後は俺のことより、そこに書いてある自分たちの人生のほうを深く考え始めちゃうんだよ。なんなんだろうなあ、それって」

「だってみんな、そこまで面倒みられないよ。あんたが悩んでいようが、さみしかったり怒ったりしていようが、自分の大事な時間をさいてまじめに向き合うくらいの価値があるとは思わないでしょ。あたしだって、あんたのさみしさなんか、見て見ぬふりしたいと思うよ」

風太の書くノートが、鏡として書かれた人物の日常を照らしだすというのはいかにもわかりやすいが、まどかのセリフを反転させてみると、自分自身のことについてなら、「まじめに向き合うくらいの価値がある」という判断が浮かびあがってくる。もちろん、それが、風太という人物－小説上の装置によって、小説中で〝書くこと－読むこと〟が起動し、まどかが自身の欲望を触発－喚起されたがゆえの帰結であることは、この『やさしいため息』固有の相貌として決定的なモメントを成している。

してみれば、風太に書かれたノートだけでは表現しきれない「まじめに向き合うくらいの価値がある」、「自分たちの人生」――まどかのついた嘘や、ありえた言動の可能性、表面化されなかった内面など――について、書きたいと思い至るのがまどかという人物－小説上の装置ではないだろうか。つまり、風太との再会／別れを経て、まどかは〝見られ－書かれ／読む〟というサイクルの後に、そこまでの言葉（の交換）の様態を貫く力学に即して、〝書くこと〟を選んでいくと考えられるのだ。

　こうした見方をとれば、結末部のゆくえをこの『やさしいため息』に求めることができる――結末部は、前から読み進めてきた『やさしいため息』の終わりであると同時に、『やさしいため息』の語り手が語りおこすことになったはじまりの地／時点（の痕跡）なのだ――ここから〝書くこと〟がはじまるのであり、時間軸から整理するならば、物語内容の一連の経過の後に、語り手（それは、まどかかも知れない）がこの『やさしいため息』へと結実する文字を〝書くこと〟という行為－時間が想定される。逆にいえば、この『やさしいため息』とは、登場人物であるまどかが、小説の語り手としての意識に覚醒し、〝読むこと〟から〝書くこと〟へと折り返していく小説家の生成－誕生を、その動因《ドライブ》／プロセスを明示しながら綴った小説なのであり、そこではさまざまなフェイズにおける〝書くこと〟が主題として展開されていたのだ。

してみれば、『やさしいため息』とは、単なる〝作者－小説－読者〟の関係といったあらい網目ではなく、〝書くこと－読むこと〟といった主題を担った人物－装置を戦略的に配置することで、言葉（の交換）の様態－力を、小説それ自体において問い直した小説に他ならない。おだやかにみえもする『やさしいため息』が、青山七恵による〝小説上で展開された小説論〟にみえるとは、そのような意味においてである。

第四章

主題としての〝書くこと〟

小川洋子『原稿零枚日記』・『密やかな結晶』

『原稿零枚日記』

小川洋子は書けない小説家ではない。

むしろ、話題作・力作をコンスタントに発表し、読者の広範な支持を得てもいる。世に問われる小説をみる限りでは、小川洋子とは、今日にあって、屈指の人気と実力をかねそなえた現役小説家の一人だといって過言ではない。

その小川洋子が、小説の中で、書けない小説家を書く――

小川洋子『原稿零枚日記』（集英社、二〇一〇）は、小説の書けない小説家が主人公である。タイトル通り、小説は書けないけれど日記なら書ける小説家「私」が、日次《ひなみ》の記を綴る。その末尾には、ほぼ毎回のようにして、「（原稿零枚）」と、小説が書けなかったことが（痕跡として）記録されていく――これが、書ける小説家・小川洋子の『原稿零枚日記』である。

日記それぞれは、小川洋子一流のモチーフが奔放に羽ばたいていくようで、綴られるエピソードの奇妙さから、虚実の閾がとけていくような読後感をもたらしもする〝魅力的な物語〟といってよい。事実、小川洋子本人も、「インタビュー　言葉から遠くへ　物語の役割」（『青春と読書』二〇一〇・八／聞き手・構成＝宮内千和子）で、次のように面白さへの期待を語っていた。

昔から私は日記文学にあこがれを持ち続けてきて、自分もいつか日記という形できちんとしたものが書きたいと願っていました。小説を書くうちに、なぜ自分は日記に心惹かれるのか、だんだんわかってきました。

小説は余計なことを書かないと成立しないんですね。日記ならば、『何月何日、雨』と書けばすむのに、小説だとどうしても、その雨がどういうふうに降っていたかを書きたくなってしまう。しかし、いくら書いても本当の雨の姿を描写することはできない。それなら『雨』と書いてしまったほうが、本当の雨に近づけるんじゃないか。そんな言葉という道具の使い方として日記の形式を持ってくると、面白いものが書けるんじゃないかという予感がありました。

このように、日記という形式を用いながら、書けないという逆説的な仕方で〝書くこと〟を主題にすえた『原稿零枚日記』とは、他ならぬそのことによって小川洋子作品史において特権的な位置を占める可能性が高い。というのも、日記と〝書くこと〟とは、作家以前の小川洋子において決定的な体験となった『アンネの日記』に直結しているのだから。

〝書くこと〟への欲望

エッセイ集『妖精が舞い下りる夜』(角川文庫、一九九七)には、次の一節がみられる。

自分はいつも、何かを書きたがっている人間なんだ、と気づいたのは、ローティーンの頃だ。その〝何か〟の正体については全く不明だったが、とにかく言葉に関わることは自分を癒すことになると、発見したのだった。

きっかけは「アンネの日記」だった。好奇心一杯で、でも世の中のいろいろなものに反抗的で、母親と衝突したり、自己嫌悪に陥ったり、淡い恋心を抱いたりするアンネ、それはまさにわたし自身だった。「アンネの日記」を読んだ次の日から、わたしも日記を書き始めた。

この原初体験に即せば、当時の「自分」（小川洋子）は、書いたものが属する（たとえば小説のような）ジャンルに徹底して無頓着である。また、書きたい「〝何か〟」に〝書くこと〟への欲望が先んじていて、それはアンネ／『アンネの日記』に対する憧憬／模倣としてはじまっていた。しかも、その欲望は抽象的な次元にとどまることなく、かつ、小説家になった後にも解消されることのない原点として、その位置を不動のものにしていく。

「一九九四年の初夏、書く行為を自分自身に問い直すため、私はアンネ・フランクの足跡をたどる旅をした」、と当時を振り返る小川洋子は『犬のしっぽを撫でながら』（集英社文庫、二〇〇九）において、その旅の動機を次のように自覚的に捉えている。

アムステルダムを出発点に、フランクフルト、アウシュヴィッツ、ウィーンへいたる取材旅行からほぼ一年たって、ようやく一冊の本『アンネ・フランクの記憶』をまとめることができた。今回の仕事は、死者との対話であり、また同時に、自分自身に書くということの意味を問い掛ける作業でもあった。

こうした旅行体験は、引用文中にもある通り、さしあたり『アンネ・フランクの記憶』（角川書店、一九九五）へと結実する。ただし、「わたしはいつも、小説を書いている時、漠然とした死のイメージにとらわれる」（『妖精が舞い下りる夜』）、「小説を書けば書くほど死の問題が切実になってきますね」（『小川洋子対話集』幻冬舎文庫、二〇一〇）など、死と小説を不可分に語る小川洋子であってみれば、その旅は同時に、文字通りの小説（家）修行でもあったはずで、その核心には〝書くこと〟という主題が胚胎している。

そうである以上、『原稿零枚日記』を〝魅力的な物語〟とのみ評してその口当たりのよさに酔ってばかりもいられない。右にみてきた小川洋子の発言、また、少なからぬ書評で言及された日記という形式、〝書くこと〟という主題から目をそらすことなく、両者の交錯点に成立した『原稿零枚日記』という小説を読み直すこと――これが当面の課題である。

書けない小説家

『原稿零枚日記』は、単行本の最後に「CONTENTS」として掲げられた一覧表が示すとおり、小説家「私」による、およそ一年間におよぶ日記記事二六件から構成されている。日ごとの内容は連続している場合もあれば、一日で完結するものもある。

となると、日次の記をこえて、そこに書かれた文字群を『原稿零枚日記』という小説にまとめる役割を果たしているのは、それらすべてを書いた小説内小説家「私」だということになる。

こうした点について、蜂飼耳は「尺度の伸縮と日記体の可能性　「原稿零枚日記」小川洋子」

（『文学界』二〇一〇・一〇）において、次のような解釈を示している。

「ある日」の積み重ねで成り立つ長編だが、「ある日」の一日分だけで一編の短編と呼びたくなる、ひとまとまりの凝縮度の高さが輝く箇所がいくつもある。その意味で、本書は物語の集合体だ。長さの異なる小さな物語を辿っていくと、「私」という一人の人物の生の軌跡、大きな物語が見えてくる。

また、同様の局面を青山七恵は「本　記されなかった言葉の住処　『原稿零枚日記』小川洋子」（『新潮』二〇一〇・一一）で、《「私」の不在であり、遍在でもある》と評している。双方の見方を重ねれば、確かに日記の書き手という統御点として小説内小説家「私」は存在しているのだけれど、それはいわゆる登場人物としての存在感とは一線を画したものだということになろうか。それもそのはずで、この「私」とは、登場人物であると同時に書き手で、しかも、〝書くこと〟にすぐれて意識的な書き手に他ならないのだから。従って、『原稿零枚日記』の読解に際して第一に注目すべきなのは、この登場人物にして日記全体の言表主体でもある小説内小説家「私」――その役割と機能である。

「九月のある日（金）長編小説の取材のため宇宙線研究所を見学し、F温泉に泊まる。」と後に題される、『原稿零枚日記』はじめの日、その冒頭と結末を引いてみよう。

九月のある日（金）

長編小説の取材のため宇宙線研究所を見学し、F温泉に泊まる。

タクシーは山の中をどこまでもどこまでも走ってゆき、果てがないかのようだった。すれ違う車はほとんどなく、両脇の窓に映るのは重なり合う巨木の群ればかりで、不意に、幹の隙間《すきま》からダム湖やクマ牧場や養魚場の姿が見えたと思っても、すぐにまた木々の向こうへ消えていった。

あきらめてラジオを放り出し、大の字に寝転ぶ。浴衣が乱れて手足がむき出しになる。両腕とふくらはぎにできていた蛾の模様が、いつの間にか消えているのに気づく。取材ノートの整理もせず、そのまま眠りに落ちる。

（原稿零枚）

文庫本にして一六頁にも及ぶこの日の日記では、温泉旅館での不思議な苔料理をめぐるエピソードが展開され、それ自体が自律した短編としても成立している。とはいえ、冒頭には日付が記され、この文章が小説ではなく日記であることに、書き手である小説内小説家「私」は自覚的である。「長編小説の取材のため」の旅行だったにもかかわらず小説は書き進められなかったようで、それが結句に「(原稿零枚)」として示されることで、『原稿零枚日記』では〝書こうとしているにもかかわらず書けなかった〟というサイクルが繰り返されていく。

そうした様相を吉田篤弘は、「世界の片隅の爪切りの音　「原稿零枚日記」小川洋子」(『群像』二〇一〇・一〇)で次のように整理している。

> 主人公の女性は、長編小説の執筆に行き詰まった作家である。書きあぐねている原稿の停滞を回避するかのように、放っておいても前へ進んでゆく「日記」に委ね、ハレとケのどちらにも転ばず、淡々と出来事のみを記してゆく。そして、日記の末尾には、そこだけ声が小さくなったみたいに、(原稿零枚)と記録される。

時折書き得た数枚の原稿もたちまちのうちに反故にされたことが、日記には書き記されていく。従って、逆説的ではあるけれど、『原稿零枚日記』においては、書かれないのはただ小説内小説家「私」による(オリジナルな)小説のみで、それ以外のものはむしろ積極的に書かれていく。何より、当の日記がそれにあたるし、小説内小説家「私」はあらすじを得意とし、盗作小説を書き、図鑑を引き写しもする。もっといえば、小説が書けないということ自体をも、

「(原稿零枚)」という文字によって、日々書いているほどなのだ。

オリジナリティ／盗作

『原稿零枚日記』という小説にあっては、〝書くこと〟という主題がこの程度には複雑なものとして織りこまれている。ならば、そうした様相を逆手にとってみたらどうだろうか。小説内小説家「私」が書き得たものに注目していくという戦略である。盗作(引用)、あらすじ、暗唱などについて、小説家である「私」はどのように捉え、書いているのだろう。

順を追って検討してみよう。第一に盗作、つまりはオリジナルではない小説を書くことについて、「十一月のある日(木)夕刊に盗作のニュースを発見する。」を読んでみよう。

夕刊で盗作のニュースを読んだ「私」は、日記ゆえの気安さからか、「もう既に私は、盗作をやってしまっている」とあっさり告白し、「十数年前の初夏」の記憶を書き綴っていく。「マルセイユの空港からエクス・アン・プロヴァンス行きのバスに乗った時、隣に座った男」が「〝有名な作家〟」だと想到する「私」なのだけれど、なぜかその名前がどうしても思いだせない。「私」はバス降車時に話しかける「決心」をするものの、その姿を見失い機会を逸してしまう。その後あらゆる手を尽くすものの、名前はついにわからない。その名前について「すべての方策が尽き果てたあと、一か月くらい経《た》ってから」、「私」は「一つの短編小説を書いてとある文芸雑誌に送った」。しかも、その際「私は淀《よど》みなく、軽やかに、泰然自若としてそれを書いた」のだという。「いつも重い足取りで、うな垂れながら、ため息と共に一字一字吐き出し、それでもまだ自信が持てずにぐずぐずと同じところに留《とど》まっている」書けない小説家の「私」が、『原稿零枚日記』内において書いたことが確認できる唯一の小説――ただしそれはオリジナル作品ではなく盗作だった。

私は気分がよかった。高揚していた。進むべき道は自分の前に真っ直ぐ伸びている。柔らかくていい匂いのする下草に覆われた、誰もが思わず一歩足を踏み出してみないではいられなくなるような道だ。登場人物たちの声もくっきりと聞こえてくる。彼らの洋服、影の形、手の表情、風の向き、風景の色合い、何もかもすべてがあらかじめ目の前に用意されている。道の突き当たりがどうなっているか、そこにどんな秘密が隠されているか、私には全部が見えている。何て心地いいのだろう。私はただ見えているままを書けばいい。新しい何かを付け加えたり、無駄を削ったりする必要などない。自分がとんでもない間違いを犯しているのでは、と不安に怯《おび》えることもない。そこは既に完成された世界なのだ。私はかつて味わったためしがないほど胸深く息を吸い込み、目を半ば閉じ、口元に笑みを浮かべる。

「昔読んだ〝有名な作家〟のある小説を思い出してそのまま書いたもの」だという短編は、右の「私」の「気分」によれば、およそ新たに生みだされたものとはいえない。「ただ見えているままを書けばいい」のであり、ならばそれは「私」も認めるように、「本を脇に置いて、一字一句書き写しているのと同じ」、つまりは、盗作というよりも引用に近い営みであるようだ。ただし、正確にいうとこの短編は、「〝有名な作家〟」の作品と具体的に関わって書かれた盗作／引用ですらない。「私」によれば、「どこを探しても本は見つからないけれど、確かに記憶の中にその作品は仕舞われていた」、それでいて「タイトル、ストーリーはもちろん、場面転換から登場人物たちの口癖、家具の配置まで、ありとあらゆるものが蘇《よみがえ》ってきた」というほどに、それは徹頭徹尾、記憶を介したものなのだ。ならば、オリジナル作品を「私」の記憶／想起を介して「書き写し」た短編とは、盗作と呼ぶべきなのだろうか。逆に問うてみようか――この短編は小説内小説家「私」の書いた小説とはみなせないのか、と。

事態を整理してみよう。〝書くこと〟、それは果たされた。対外的に、書いたものは小説として認知されながら、「私」自身にとっては盗作であるがゆえに「恥ずべき行為」という自覚まであり、にもかかわらず「原稿をポストに投函《とうかん》した」。少なくとも、自身の判断によって盗作にふみきった「私」、そうした理由ははっきりしないものの、しかし「なぜそんなことをしたのか、上手《うま》く理由は説明できない」という言葉ならば書き得る「私」。

この時、「私」が書いた言葉について、オリジナル小説か盗作かを峻別するラインは、それが書き手がゼロから何かを生みだしたか否か、つまりはオリジナリティに関する「私」の認識に関わっている。にもかかわらず／それゆえ、「私」は小説のオリジナリティに対して両義的なスタンスをとる。もとの作品を「思い出してそのまま書いた」ことに、それが盗作であるがゆえの罪悪感を抱きつつも、当の短編を公にすることには躊躇のない小説家の「私」——ここには、近代のオリジナリティ（神話）や著作権意識といった発想とは別の、〝書くこと〟に対する「私」の（無意識裡の）スタンスを垣間見ることができる。あるいは、こうした局面から《テクストの魅力とは策略《トウール》と迂回《デトウール》の効果に他ならず、文学とはまさに縫製、挿し木、「寄せ集め《ファルシシュール》」（モンテーニュ）の結果であって、創造のうえでオリジナリティーなどまやかしにすぎない》という、J－L・エニグ／尾河直哉訳『剽窃の弁明』（現代思潮社、二〇〇二）の一節を想起することもできるかもしれない。

「〝有名な作家〟」が「今も世界のどこかを旅している」と夢想する「私」は、彼がどこかの町でバスに乗り、隣の乗客が「彼の小説を読んだ時の感動をよみがえらせ」、「本の重みや紙のめくれる音や装丁のデザインを思い出す」場面を想像し、次のように綴る。

長い間忘れていたはずの物語が、記憶の洞窟から湧き出てくるのを感じ、懐かしさを覚え、涙ぐみそうにさえなる。自分の胸の内に深く刻まれ、出しゃばらず、不平をこぼさず、暗闇の中でずっと番をしてくれていた物語。それに今、光が射《さ》したのだ。

　そうであるならば、「物語」とは、もとの作品のエッセンスとひとまずは捉えられる。それは、初読の際に感動をもたらしながら、その後は忘却されてしまう。それでも、「物語」の記憶は消えることなく潜在し、ふとした契機によって光を受け、回帰するのだという。これは、「〝有名な作家〟」の名前を思いだせないままに盗作を執筆・発表した小説内小説家「私」の営みの絵解きであると同時に、「私」にとっての小説なるものの理想なのだろう。——小説には「物語」と称すべきエッセンスがあり、それは常に表面にあるものではなく、時に沈潜し、時に回帰する。どのような時でもそれは消失することも損なわれることもなく、「流れの底に潜む特別な小石」をみつけるあるアプローチによってとりだし得る。ただし、それは誰にでもたやすくできるものではなく、たとえばあらすじ係としての「私」のように、「物語／小石」を感受するある種の能力が求められる。

小石を見つけること

第二に、小説内小説家「私」が〝書くこと〟のうち最も得意とするあらすじについて、「一月のある日（火）公民館の事務室から電話があり、『あらすじ教室』の講師を頼まれる。」から読んでいこう。公民館事務室からの、市民講座『あらすじ教室』の講師依頼の電話をきっかけとして、「私」の「あらすじ係」としての来歴――「あらすじ係になったのはもう二十五年以上前で、作家のキャリアよりずっと長い」――が書き綴られていく。

最初はとある文芸誌の新人賞の下読みをするアルバイトからはじまった。一番下っ端の下読み係である私の仕事は、応募作品の評価選別ではなく、各々に二百字のあらすじを添付することだった。〔……〕受賞の可能性が高いか低いかは、問題ではなかった。二百字のあらすじを書く、という任務に従うだけだった。

「この仕事は私に向いていた。もっと言えば、楽しくさえあった」という「私」が、それを他の「賃仕事」と差異化する要所は「常に、作品と自分の一対一」である点に見出される。盗作との関連でいえば、やはりゼロから何かを生みだす創作ではなく、すでに書かれたものが目の前にあり、「私」は二次的な言葉を書けばよい、という点が共通している。

私はすぐにコツをつかんだ。一通り読めばだいたい全体の構造と中心の流れ、そこから広がる支流の様子が、原稿用紙に透けて見えてくる。すると同時にあらすじの全体像も浮かび上がり、どこを出発点にしてどういう方角へ向かったらいいかがぼんやりと分かる。この時点では、あくまでもぼんやりとで構わない。最も大事なのは、流れの底に潜む特別な小石を二つ三つ見つけることなのだ。

ここにいう「小石」とは、「宝石のように光っているわけではなく」、「一見、あらすじとは無関係な場所に潜んでいる」ところの「小説の大切な支点」のことであるという。

あらすじ係は流れに足を浸し、そっとしゃがみ込み、小石を拾ってポケットにしまう。これでほとんどあらすじは完成したも同然だ。二百字の中に小石を配置した途端、あたりを覆っていたぼんやりとした霧は、いっぺんに晴れてゆく。

コツを飲みこんだ「あらすじ係」としての「私」は、盗作のエピソード同様（「私には全部が見えている」)、書ける際に〝見える〟(「見えてくる」)という表現＝比喩を用いており、これは書けない小説家である「私」が何かしら書き得る際のサインなのだろう。〝見える〟、つまりは「私」が生みだすべきものとしてではなく、すでに言葉がそこにあるということが、「私」が何かを〝書くこと〟を成就するための条件のようである。少なくとも、「私」は書けない小説家でありながらも「小石をみつける」のが「得意」だという以上、小説を読むことに長けているのは間違いないだろう(「次の日(月)一日、三島由紀夫の『金閣寺』を読んで過ごす。」で、「私」が『金閣寺』を独自のポイントから読んでいることも、こうした能力に関連したものだといえる)。その能力が編集者の間で評判となり、重宝されてきた「私」だったけれど、次のような疑問を抱くのは必至である。

本当は小説を書いて新人賞を獲《と》って自分の本を出すことを夢見ていたはずなのに、気がつくといつしか、他人の小説を読んで、他人がデビューする手伝いばかりをしていた。もちろん合間に自分でも小説を書いてはいたが、なかなかあらすじのようには上手《うま》くいかなかった。
　なぜ自分は、こんなにもあらすじを書くのが得意なのに、小説を書くのは下手なんだろう。

「この疑問が絶えず私を苦しめた」と自ら書くように、同じく小説をめぐる〝書くこと〟でありながら、小説は下手なまま、あらすじは「注文をこなせばこなすほど」、「技量は上がっていった」という。両者の差異について掘りさげる前に、後日談もみておこう。

あらすじの結晶

ことは、あらすじが「作品本体より面白くなってしまった」ことをもって下読みの世界から去って数年後、元編集者から届いた手紙に端を発する。それは、表舞台から四〇年近く姿を消していたZ先生のところへ出向き、「人類の至宝」とまで評される七つの小説のあらすじを本人の前で語ってほしい、というものだった。元編集者の手紙を引用しよう。

不躾《ぶしつけ》なお願い、どうかお許し下さい。あなた様の、あらすじをまとめ上げる能力、あらすじ力、の傑出ぶりについては、よく承知しております。小説の魅力に新たな光を当て、その輝きを特別選ばれたものとするあなた様のあらすじは、最早《もはや》文壇の伝説となっています。今回の件、決して私のお節介などではなく、すべてZ先生がお望みになったことです。先生があなた様のあらすじをお聞きになりたい、とおっしゃったのです。自分が書いた小説のあらすじを、です。

あらすじ係としての「私」への高い評価を確認した上で、（オリジナルな）小説を書き得たZ先生（ただし、その後、四〇年近く沈黙）が、「私」のあらすじを求めていることに注目したい。幾分の「覗《のぞ》き見《み》趣味」と、「真に価値の確立した小説と関わってみたかった」という「大事な理由」から依頼を承諾した「私」だけれど、「作業の手順に何ら変わりはなかった」。それでいて、できあがったものはあらすじとして「別格」だったという。

自分の書いたあらすじであるのを忘れ、しばらく陶然とするほどだった。小説の最深部に隠れた、存在は感じ取れるけれど実際には誰も、編集者も読者も作家自身も触れたためしのなかった結晶が音もなく取り出された。無理な力などどこにも掛けず、何ものをも損なわず、そのうえ皆が思っていたよりずっと美しい形で。そんな感じがした。

ここで、小説内小説家「私」の〝書くこと〟への関わり方を整理してみよう。「私」はまずZ先生がかつて書いた（オリジナルな）小説を読み、その上であらすじを書き、書きあがったあらすじを読み、そして「陶然」としていることになる。ただし、この感動は「私」一人のものではなく、「私」がZ先生の前であらすじを朗読した際にも反復される。

あらすじを朗読している間、小説のさまざまな場面がよみがえってきた。そこに吹いている風の様子や、光の加減や、人物の影の形や、言葉の響きや、あらゆるものが本のページをめくっていた時よりもずっと鮮やかに立ち現れてきた。小説が本の形から解き放たれ、妖精の姿となり、あらすじの結晶の中で舞を踊っているかのようだった。〔……〕小説を書いたのは誰なのか、などという問題は最早遠くへ去り、私たち二人はひたすら、結晶に映し出されるその舞に見とれていた。

ここでは、ふつうに考えれば、あらすじを書く際にそぎ落とされてしまうであろう小説の細部が、「本のページをめくっていた時よりもずっと鮮やかに」よみがえっているのだという。しかも、盗作やあらすじの場合と同様に、ここでも「私」は〝見える〟(「見とれていた」)という表現＝比喩を用い、その感覚を書き綴っている。この時「私」が書き、朗読したあらすじは、単に「傑出」しているというにとどまらず、オリジナルの小説から「編集者も読者も作家自身も触れたためしのなかった結晶」としてとりだされたものらしい。しかも、「小説を書いたのは誰なのか、などという問題」は意味をなさないというのだから、「私」があらすじの書き手であることすらもおそらく問題ではない。Z先生も「私」も、「結晶」の前ではその「舞」の目撃者（読者／聞き手）として「見とれ」るばかりで、オリジナリティの帰属すべき書き手をこえた〝何か〟が、ここでは力を発揮している。逆にいえば、あらすじを求めたZ先生も、あらすじを得意とする「私」も、その〝何か〟に気づいているということになる。それは作中人物たちはもちろんのこと、現実世界の小説家・小川洋子にあってさえ無意識の〝何か〟かもしれない。いずれにせよ、その〝何か〟へと至るキーワードは「結晶」である。

架空の作品のあらすじ

もう一つ、『あらすじ教室』での「冒険」にもふれておきたい。

「私」が講師を勤める『あらすじ教室』で、「架空の作品をでっち上げてそのあらすじを語ったことが、かつて一度だけある」というのだ。結果、「なぜか、テキストとなる本が存在しなくても、私はあらすじを書くことができた」。しかも、「それは自分がいつか着手したいと願っているぼんやりとした小説のあらすじでも、昔見た夢の断片をつなぎ合わせた記憶のあらすじでもなく、純粋にあらすじのためのあらすじだった」というのだ。

これまでの読解に即すならば、読むことに長け、「小石」をみつけられる能力によって、「私」は「傑出」したあらすじを書けるのだと理解したくなる。ところが、ここへきてそうし

料金受取人払郵便

小石川局承認

5632

差出有効期間
平成31年4月
24日まで
(切手不要)

郵便はが

112-879

08

東京都文京区小石川2-7-5
ファミール小石川1F

水声社 行

御氏名(ふりがな)	性別 男・女	年齢
御住所(郵便番号)		
御職業	御専攻	
御購読の新聞・雑誌等		
御買上書店名	書店	県 市 区

読　者　カ　ー　ド

の度は小社刊行書籍をお買い求めいただきありがとうございました。この読者カードは、小社行の関係書籍のご案内等の資料として活用させていただきますので、よろしくお願い致します。

お求めの本のタイトル

お求めの動機

新聞・雑誌等の広告をみて（掲載紙誌名　　　　　　　　　　　　　　　　　　）
書評を読んで（掲載紙誌名　　　　　　　　　　　　　　　　　　　　　　　　）
書店で実物をみて　　　　　　　　4. 人にすすめられて
ダイレクトメールを読んで　　　　6. その他（　　　　　　　　　　　　　　　）

本書についてのご感想（内容、造本等）、今後の小社刊行物についての
ご希望、編集部へのご意見、その他

小社の本はお近くの書店でご注文下さい。お近くに書店がない場合は、以下の要領で直接小社にお申し込み下さい。

◎

直接購入は前金制です。電話かFaxで在庫の有無と荷造送料をご確認の上、本の定価と送料の合計額を郵便振替で小社にお送り下さい。ご注文の本は振替到着から一週間前後でお客様のお手元にお届けします。

TEL：03（3818）6040　FAX：03（3818）2437

た予測は破綻を来す。テキストはおろか、イメージや記憶すらなくても、「私」はあらすじが書けるというのだから、読むことよりも〝書くこと〟が突出している。ただし、それが何らかのあらすじである以上、対応すべきもとの本があるはずだ。現実的な先後関係からいえば不可思議ではあるけれど、「私」はそのことについて次のような空想を書き綴っている。

今でも眠れない夜になど、あのあらすじのことを思い出す。どこか私の知らない遠い町の、埃《ほこり》っぽい押入れ、鍵の掛かった引き出し、錆《さ》びたキャビネットの奥で、誰にも気づかれないまま眠っている一つの小説。ページは黄ばみ、虫に食われ、不用意に触るとポロポロ崩れてしまいそうな寂しい小説。あれは、その小説のために書かれたあらすじだったのではないか、と。

ここでは、もとの本があって、それを読んだ後で書くものがあらすじである、という現実的な発想は意味をなさない。「私」がかつて書いた架空のあらすじと、「遠い町」で「誰にも気づかれないまま眠っている一つの小説」とが、結びついているという幻想的な想像。あらすじを書いた「私」ですら、読んだことはおろかみたこともない小説、それを「私」はあらすじを書くことで媒介したことになる。そうであれば、小説内小説家「私」の能力は、いわゆる近代（以降）の小説家のそれとはかけ離れたものといえる。（少なくとも、理念上では）ゼロから何かを生みだすオリジナルな小説の書き手ではなく、ここでの「私」は、すでにどこかにある〝小説的なもの〟を現実世界に言葉を用いて二次的に現象させていく、いわば〝神の言葉の代理人〟にも擬し得る存在である。一見奇妙に映るこうした見方は、しかし『原稿零枚日記』という作品世界内においては一定の説得力をもつはずだ。というのも、「私」が講師を務める『あらすじ教室』には、盛況とはいえないにせよ受講生が集まり、彼／彼女らは、もとの本の有無に関わりなく、「私」の語る「あらすじ」それ自体のみを求めているようなのだから。だとすれば、『原稿零枚日記』および「私」における「あらすじ」とは、近代小説の地平をこえた〝何か〟であるだろう。

　第三として、あらすじとの関わりが示唆される暗唱について、「六月のある日（水）「暗唱クラブ創設者G先生を偲《しの》ぶ会のお知らせ」が届く。」を読んでみよう。

　ここでは、かつて小説内小説家「私」が入会していた暗唱クラブについての思い出が、創設者を偲ぶ会の通知をきっかけとして綴られていくのだ。そこでの方針は「内容の理解にあるのではなく、ただ単純に文章を丸暗記する、この一点にのみ絞られて」いた。「入会してすぐ、自分は人より暗唱が得意だと気づいた」という「私」は、「ただひたすら読むというだけで特別な技を持っているわけではなかったが、根気強くやっているうち次第に印刷された文章たちは、動きを持って立ち上がってくるようになる」のだという。

例えば一つ一つの言葉が鳥のように羽ばたき、集まり、やがて隊列を組んで空を突き進んでゆく。こうなればあとはもう鳥たちの帰巣本能に従うだけで、物語の行くべき場所へたどり着ける。あるいは、言葉たちがステップを踏む場合もある。彼らの動きは少しずつつながり合い響き合いしながら、一つの舞となってゆく。フィギュアスケートの選手が最初から最後まで一続きの振り付けを淀《よど》みなく披露するのと同じく、言葉たちの舞にも迷いはない。

つまり私にとって暗唱とは、渡り鳥の行路を目で追ったり、舞台の踊りを鑑賞したりするのに等しい行為であった。

ここで「私」は、あらすじを書く際に「小石」を見つけるように、あるいは「気分」よく盗作をするように暗唱している。いわゆる読み巧者というのともちがって、その要所は「内容の理解」ではなく、文章が秘めている「舞」を見出し、それが〝見えてくる〟ことにあり、そのことによって、「物語」を「行くべき場所」へと導くのだ。いや、導くといっては積極的にすぎる。暗唱者の関与はより控えめなもので、正確にいえば、「物語」が「行くべき場所」へと向かっていくのを見守っているのだ。「内容」が問われない以上、小説に限らず、おそらくあらゆるタイプの文章が暗唱の対象となるのだろうし、原理的にいえばそのすべてに「物語」が秘められていることにもなるだろう。

この「物語」が、「私」のいう「小石」や「結晶」とも重なるものであるならば、その営みに通底性を見出すことは難しくない。（オリジナルな）小説を〝書くこと〟に近接したいくつかの営みは、「私」にとって〝書くこと〟のバリエーションであるはずだ。事実、日記には「一時期暗唱に精を出したことは、後々あらすじ係になる私に何らかの影響を及ぼした」という自己分析も書かれている。そればかりか、「暗唱するように本を読んでゆけば、おのずと隊列の輪郭もステップの中心をなすリズムもつかめ」、「すらすらとあらすじが語れるようになる」というのだから、小説内小説家「私」の要所はこのあたりにあるとみてよい。

物語はどこから来るのか

ここまで『原稿零枚日記』に即して検討しきた、小説内小説家「私」の〝書くこと〟に関わる記述からは、一貫した、それでいて小説家らしからぬ特異な「私」のスタンスが確認できる。『原稿零枚日記』終盤、「八月のある日（金）母のところへ行く。」の項では、そうした「私」の営みへの自己省察が綴られる。入院中の母を見舞った際の一節である。

私は母に、現代アートの祭典を見物するためTという名の町へ行った話をした。同行者とガイドさんがどんな人々で、どんなユニークな作品があり、お昼ご飯がどれだけ美味《おい》しかったか語って聞かせた。本のあらすじ係の経歴を持つ私は、こういう場合でも的確に話をすることができる。あらすじを考えるのと自分の体験をまとめるのと、二つの間にそう大した違いはない。たとえ行き当たりばったりに書かれた小説であっても、そこには必ず作者の無意識の計画が張り巡らされており、またTで起こった出来事はほとんどすべてが偶然でありながら、同時に、何ものかの確かな意図によって導かれた結果であった。とすればあらすじ係はただ、その計画と意図を読み解くだけでよい。

小説、つまりは虚構であろうと、アート祭典の見物という現実であろうと、あらすじ係である「私」にとっては類似した現象に見えている。いずれにしても、表面的な現象の背後に秘められた「計画」や「意図」を探りあて、それを感知して「読み解く」こと——それがもとの小説から「小石」を見つけだし、巧みなあらすじを書く「私」のやり方だということになる。対象のとらえ方も、それへのアプローチも同じならば、「私」が「今語っているのは本当に経験したことなのか、自分が書いた小説のあらすじなのか区別がつかなくなってくる」という感覚に陥るのは必至である。このような境地にある「私」であってみれば、ゼロから何かを生みだしたり、特別な手順・操作は不要で、眼前の現象に対して、「ただ、その計画と意図を読み解くだけ」でことは足りる。そのためにはもちろん、現象を独自のマトリックスで認識し「読み解く」能力が必須であるはずなのだけれど、そうした能力（のみ）を十分に備えた「私」が近代（以降）の小説家であることに、『原稿零枚日記』に賭けられた〝書くこと〟という主題のユニークさがある。

この「私」は、ゼロから何かを生みだす小説家らしい能力を備えていないばかりでなく、作中でそうした能力を求めることすらない。あらすじ係たる自分のアイデンティティに満足し、小説を書きあぐねたまま、末尾に「(原稿零枚)」と小説が書けなかった痕跡を〝書くこと〟に充足しているようにみえる。小説家「私」という主人公を通して本作で提示されたのは、オリジナルな小説は書けない、しかし、「傑出」したあらすじならば書け、「盗作」をすれば秀逸な短編も書け、そしてこの日記も書ける――こうした、いわば倒錯した地点において発せられた、〝書くこと〟とはどのような営みなのか、小説（家）とはいかなる存在なのか、といった根源的な問いである。しかもそれは、小説内のみで展開される問いではなく、現実世界に向けて発せられ、同時に『原稿零枚日記』の書き手にも返照していく、すぐれて自己再帰的かつ実践的な問いである。『原稿零枚日記』刊行後の著者インタビュー「人間のこっけいさと奇妙さ　小川洋子著『原稿零枚日記』（『サンデー毎日』二〇一〇・一〇・三／構成・棚部秀行）で、小川洋子は主人公の設定にふれて、次のように発言している。

> 日記を書いているのは小説家です。これまで数学者（『博士の愛した数式』）や天才チェスプレーヤー（『猫を抱いて象と泳ぐ』）など、自分とはかけ離れた人を主人公にしてきました。今回は、もうちょっと身近な存在を書こうと思ったんです。

そうであれば、小川洋子自身の分身とまではいえなくとも、自分と直接的に関わる存在を虚構の主人公として『原稿零枚日記』に送りこんだことになる。「小川洋子さん　自作を語る。」（『いきいき』二〇一〇・一二／取材・文＝岸田文絵）では、《でき上がった作品について、ご自身の感想を聞かせてください》という質問に、次のように応じている。

> 物語ってどこに隠れているのだろう。作家って何だろう。そういう非常に根本的な問題に図らずも触れられたなと思います。作家を主人公にした、しかも〝書けない作家〟にしたことで、物語がどこから来るのかという、答えのない問いに触れた小説になったなと思いました。

このことを裏側からいえば、やはり小川洋子による「この小説は、どこか遠くに置き去りにされたままの、大事な誰かの名残を追い求める物語だと気づいたのは、連載が半ばを過ぎた頃だった」（『妄想気分』集英社、二〇一一）という自作解説になる。事後的に小説家本人が素朴、かつ抽象的に語っていることには、これまでの〝書くこと〟という主題に注目した『原稿零枚日記』読解によって具体的に近接できたはずだ。小説内小説家「私」が小説を書かずに書きつづけていた「小石」・「結晶」・「物語」といったキーワードで示された〝何か〟こそ、〝書くこと〟のエッセンスへと至る指針なのだ。

〝書くこと〟という主題

ここで、小川洋子作品史という視座から振り返ってみるならば、小説家を作中の登場人物にするなどして〝書くこと〟という主題を問い返す試みは、『原稿零枚日記』以前から展開されてきた。

はやくは「バルセロナの夜」（『アンジェリーナ　佐野元春と10の短編』角川文庫、一九九七）に『原稿零枚日記』を彷彿とさせるモチーフがあらわれている。主人公の「わたし」は図書館で出会った「細身で背が高く、趣味のいいブレザーをはおり、二十代後半くらい」の男の人からペーパーウェイトを、半年の時限つきで託される。そのペーパーウェイトにうつったものを見ているうちに、突然「わたし」は「小説が書きたくな」る、小説など書いたこともなかったにもかかわらず。その後、実際に小説は書きあげられるのだけれど、「書くという言葉は不適切なのかもしれない」、と「わたし」は思っている。というのも「わたしはペーパーウェイトから伝わってくるものと、原稿用紙の間の、仲立ちをしているにすぎないという気がしていた」のだから。その後も、不可思議な小説（家）が登場する「眠りの精」、「トマトと満月」（『寡黙な死骸　みだらな弔い』中公文庫、二〇〇三）などを経て、小説（家）をめぐる〝書くこと〟という主題が、それぞれのアプローチから展開される短編集『偶然の祝福』（角川書店、二〇〇〇）へと至る。書きあぐねる小説家が登場する「失踪者たちの王国」、はじめて書いた小説は盗作だったという「盗作」、万年筆を手にすると「いつどんな時も書きたくて書きたくてたまらなくなった」主人公の登場する「キリコさんの失敗」、小説家「私」の前に、弟にして小説のモデルを自称する人物があらわれる「エーデルワイス」。ことさらに〝書くこと〟がクローズアップされていないにせよ、「涙腺水晶結石症」も「時計工場」も小説家が主人公兼語り手をつとめているし、短編集の掉尾を飾る「蘇生」は、息子につづいて、自身も体から袋を摘出してから失語に陥ってしまった小説家の「私」が、「もしかしたら自分は、言葉の湧き出る泉をなくしてしまったかもしれない」と不安に思い、二つの袋を飲みこむことで言葉

（声）を取り戻すまでの物語である。

こうして、小川洋子作品史上でさまざまに展開されてきた〝書くこと〟という主題は、『原稿零枚日記』以前に、すでに長編小説『密やかな結晶』（講談社、一九九四）へと結実している。しかも、タイトルに掲げられた「結晶」は、これまでの本章の読解からとりだしたキーワードでもある。

そこで、ここまでの小川洋子をめぐる〝書くこと〟という主題への関心を、さらに掘りさげるために、以下、ここまでの検討をふまえつつ、『密やかな結晶』を読んでいきたい。

『密やかな結晶』

〝書くこと〟という主題から小川洋子作品史を見渡してみた時、小説家「わたし」が主人公となり、作中で小説を書き、その小説本文までもが小説内で呈示される『密やかな結晶』（講談社、一九九四）もまた、本章の検討にとって欠くことのできない作品である。

舞台とされた島では、具体的には書かれないものの、ある権力がすみずみまでを管理しており、さまざまなものとそれにまつわる記憶が消滅していく。それだけでなく、消滅したものにまつわる記憶を保持しつづける人々は危険視され、秘密警察に連行されるか、隠れ家での潜伏生活を余儀なくされていく。してみれば『密やかな結晶』とは、たとえばナチス・ドイツをはじめとした政治権力の寓話としての一面をもつ。ただし、そこでは権力やそれに対する抵抗の描出が主眼とされてはいない。記憶や心の保持を訴える作中人物も、権力に対して対決姿勢を示すことはなく、逆に「わたし」も含めた大半の人々は、ものが次々と消えていく——究極のところ死を意味する——ことをそのようなものとして淡々と受けいれていく。

あるいは、こうした志向を、小説家・小川洋子に帰して考えることもできる。『犬のしっぽを撫でながら』には、次のような一節がみられる。

> 振り返ってみれば、人がどこかに閉じこもる、または閉じこめられる話をたくさん書いてきたなあと思う。病院、図書館、学生寮、島、標本室……。登場人物たちは皆、ある時は止《や》むに止まれぬ事情から、またある時は本人も気づかないまま、それぞれの場所に身を潜めることになる。
>
> どうしてなのか、自分でもうまく説明できない。ストーリーの流れを追うのでなく、一つの区切られた世界を築くため、言葉の壁を積み上げてゆくような感覚で、いつも書いているからだろうか。
>
> ただ、最初から意図した結果ではなく、仕上がってみたら、ほとんど無意識のうちにそうなっていた、というのが事実である。

ストーリーよりも重視された「一つの区切られた世界」を書くために、「無意識のうち」に選ばれていったシチュエーション。この「無意識」の部分をより濃く反映しているのは、『密やかな結晶』におけるもう一つの側面――〝書くこと〟という主題に関する部分だろう。三人しかいない主要登場人物のうち、「わたし」の協力者となるおじいさんをのぞく二人が小説家と編集者であることにも明らかなように、小説内小説を介して〝書くこと〟をめぐることごとが、ここでは紙幅をさいて、いわば小説の主線として展開されていく。こうした側面を、三宅義藏「『密やかな結晶』――その作品世界を楽しむ――」（髙根沢紀子編『現代女性作家読本②小川洋子』鼎書房、二〇〇五）は次のように整理している。

> 主人公の〈わたし〉は小説家であり、編集者のR氏の助言を受けながら小説を書いているのだが、その小説が本来の小説の中に示される。つまり、『密やかな結晶』は、記憶が無くなる島の物語を描いた小説と、その物語の主人公である〈わたし〉の書く〈小説の中の小説〉とがからみあい、複雑で不思議な世界を作り出しているのだ。

つまり、『密やかな結晶』はいわゆるメタフィクションに近い形式構造を採る。刊行当時、ほとんど論及されることのなかったこの点に注目した書評として、千石英世「今月の文芸書」(『文学界』一九九四・四)がある。そこには、次のような指摘がみられる。

小川洋子は、小説に対し、慎重になり、自意識的になっているのである。懐疑的になっているといっても良い。あるいは、従来の書き方ではうまく書けない主題に出会っているといっても良いだろう。このとき、小説は、自意識的な小説内小説を生み、二重化し、メタ・フィクション化して行く。

確かに、『密やかな結晶』においては、小川洋子が書く『密やかな結晶』にくわえ、「わたし」の書く小説においても、小説とはいかなるものなのかが二重に問われており、その意味ではメタフィクション化しているという理解も成り立つ。ただし、『密やかな結晶』と小説内小説とは、「わたし」を結節点としてモチーフが重なりあいながらも、それでいて複雑な相互参照はみられず、むしろそれぞれ自律し、安定した関係が保たれている。

そうであれば、ことさらにメタフィクションとして二つの小説の関係に注目するよりは、『原稿零枚日記』同様に、ここでも小説内小説家「わたし」の言動に目を凝らしてみたい。そうしたアプローチを採ることで、『密やかな結晶』の舞台設定やメタフィクションとしての側面にも目配りしながら、〝書くこと〟という主題に迫っていくことができるはずだ。

何かをなくす小説

さて、小説内小説家「わたし」についていえば、これまでに三冊の本を刊行したという。

一冊めは、行方不明になった恋人のピアニストを探しだすため、調律師が耳に残った音色を頼りに、楽器店やコンサートホールをさ迷う物語。二冊めは、右足を事故で切断したバレリーナが、恋人の植物学者と一緒に、温室の中で暮らす物語。三冊めは、染色体が一番から順番に溶けてゆく病気にかかった弟を、看病するお姉さんの物語。

全部、何かをなくす小説ばかりだ。みんなそういう種類のお話が好きなのだ。

「何かをなくす小説」を書きつづけている小説家「わたし」が住んでいるのは、ものが記憶とともに消えていく世界だということになる。つまり、小説家・小川洋子と小説内小説家「わたし」は、消滅という共通するモチーフをそれぞれの小説にもちこんだことになるが、これは両者の差異をクリアにするための仕掛けでもある。当然ながら、四作目の「わたし」の小説も、やはり「タイピストが声を失う物語」である。

こうした「わたし」と、「わたし」の小説を介して対峙するのが編集者のR氏である。R氏は、消滅後も記憶が保持でき、島でのものと「心」の消滅に抵抗を試みる人物である。それゆえ、小説が消滅した後も「わたし」に書くことを薦め、小説の意義を説いていく。小説が消滅する以前、R氏の小説観をうかがうことのできるやりとりがある。

「頭で書いちゃいけない。手で書いてほしいんだ」

彼がそんなふうに、物事を断定するような言い方をするのは珍しいことなので、わたしは黙ってうなずいた。そして右手を彼の前に差し出し、指をぴんとのばしてみせた。

「そう。ここから物語が紡《つむ》ぎ出されてくるんだ」

これがR氏の小説観である。頭で考えるよりも、手が動くままに――つまりは無意識的なものによって――書くほうが、よりよい「物語」にたどりつけるというのだ。

このようなR氏の小説観は、『密やかな結晶』内の二つの小説において「わたし」を軸に体現されていく。小説内小説家「わたし」の新作である「タイピストが声を失う物語」は、『密やかな結晶』内での消滅の進行とパラレルに書き進められていく。そればかりか、消滅の進行と小説内小説の内容とは、「わたし」を介して、それも自覚された構想ではなく無意識を経由して、著しい共振を示していく。新作の主人公は、タイプ教室の先生と恋におちるタイピストなのだけれど、この二人が、すでに島の権力／住民と類比的に重なってみえる。事実、先生は何も失うことがない一方、主人公は第一に声を失い、コミュニケーションにタイプライターが欠かせなくなっていく。声よりも〝書くこと〟（タイプすること）がクローズアップされるエピソードにつづき、第二にはタイプライターが「封印」され、事実上使えなくなってしまう。主人公からコミュニケーション・ツールを次々と奪っていく先生は、「君の声はこのタイプライターに全部封じ込められたんだ」と諭す。〝書くこと〟を主たる機能とするタイプライターに声が封印され、そのことによってタイプライターは役目を終える（〝書く〟という機能が消滅する）というのだ。先生は、声と文字を恋人である「わたし」から奪い、それを〝書く〟（タイプする）ための機械であるタイプライターに封印してしまう。これが、島での出来事のあからさまな寓意であることは容易に読みとれるとして、問題なのは、なぜ小説内小説家「わたし」がこのような小説を書いているのか、である。

ここで「わたし」が「何かをなくす小説ばかり」書いてきたことを想起すれば、島の権力を肯定するかのような内容は、実は二次的な問題にすぎないことがわかる。そうではなく、「わたし」という小説家が何を媒介してしまうのか、そのことこそが重要なのだ。

とうとう小説の中の彼女も閉じ込められてしまったわ、と思いながらわたしはその日書いた分の原稿用紙を束ね、上に文鎮を置いてから、電気スタンドのスイッチを切った。彼と彼女はもっとありふれた温かい愛情で結ばれ、声を探すために二人でタイプ工場や、岬の灯台や、病理学教室の冷凍庫や、文房具屋さんの倉庫を旅して歩くはずだったのに、いつのまにかこんなことになってしまった。しかし、書き始める前とあとで話が思いもしない方向にそれてしまうのはよくあることなので、気にせずそのまま眠った。

自作小説に対する、小説内小説家「わたし」の右の感想には、問わず語りに小説の方法が語られている。まるで他人事のような距離が感じられるのもそのはずで、「わたし」は自作小説を完全に制御《コントロール》することを目指していないし、意図を脱した際に修正する必要も認めていない。漠然とであれ思い描いていた構想がありながら、「話が思いもしない方向にそれてしまう」という事態を「よくあることなので、気にせず」と、受けいれている。

記憶・心と〝書くこと〟

これは、単に恣意性に身をゆだねる、ということとは決定的に違う。R氏が「手で書いてほしい」と願うことと通底した、『密やかな結晶』内における小説の方法といってもよい――意識し得る構想や意図ではなく、それらをこえた身体（手）＝無意識という回路を介して、「物語」を紡ぎだしていくということ。その時、無意識であるにもかかわらず／それゆえ、小説家をとりまく現実世界が小説に流れこんでくる。逆にいえば、現実世界のありようを無意識裡に感受し、それを「物語」に溶かしこんで紡ぎ得る媒介者こそ、『密やかな結晶』内で提示された小説家像なのだ。

しかもそれは、ことさらに奇異な発想というわけではない。たとえば、多木浩二は『もし世界の声が聴こえたら　言葉と身体の想像力』（青土社、二〇〇二）で、《表現者》の能力について次のように論じている。

すべての表現者は、どんな小さな主題を取り上げていても、無意識にかすかな遠い世界の声に耳を傾けている。世界にはいろいろ声が潜んでいる。われわれには微かに聞こえるか、ほとんど聞こえない声である。〔……〕表現する人間は、世界を対象化するのでなく、自分自身が世界の声のように語ることができないかと願っている。

こうした見方からすれば、「わたし」が作中の権力に対してどのような立場なのかという論点はあまり意味をなさない。ここで重要なのは、小説内小説家「わたし」が作中の現実世界の

《いろいろな声》に《耳を傾け》、無意識の回路を介して「物語」へと結実させていく――そうした営みの帰結として「タイピストが声を失う物語」が紡がれていくことそれ自体にある。となれば、『原稿零枚日記』同様、ここでも小説内小説家「わたし」は、ゼロから何かを生みだすというよりは、《世界の声》を感受し、それを二次的に〝書くこと〟によって小説家たり得ているのだ。〝書くこと〟の要所は、書記行為より以前に（「小石」を見つけることさながら）《声》を聞きとり、「物語」を見出すことにこそある。

こうした小説（家）像を確認した上で、『密やかな結晶』における権力の対象＝「心」・「記憶」について検討していこう。それは、小説を〝書くこと〟とも交錯していくのだから。作中世界では、次々とものが消滅し、それに伴う「記憶」も消されていくのだけれど、それは同時に人々の「心」をも空洞化していく。逆に、「わたし」の母親や乾氏、R氏のように「記憶」が消滅しない人々は、権力にねらわれるものの、「心」を失うことはない。R氏は、小説家「わたし」とおじいさんが「記憶」と深く結びついた「心」を取り戻すことを願い、語りかけていく。

「いいや。そんな心配はないよ。心には輪郭もないし、行き止まりもない。だから、どんな形のものだって受け入れることができるし、どこまでも深く降りてゆくことができるんだ。記憶だって同じさ」

「僕の記憶は根こそぎ引き抜かれるということはない。姿を消したように見えても、どこかに余韻が残っているんだ。小さな種のようなものだ。何かの拍子にそこへ雨が吹き込むと、また双葉が出てくる。それにたとえ記憶がなくなっても、心が何かをとどめている場合もある。震えや痛みや喜びや涙をね」

「輪郭」も「行き止まり」もない、〝深さ〟を擁した器のような「心」、それは「記憶」を包みこみ、忘却から守る装置でもあるようだ。しかも、そこでの「心」とは、〝書くこと〟や言葉など、小説に関わる不可欠の要素とも密接に関わっている。ものとそれにまつわる記憶の消滅を受けいれつづける「わたし」を、R氏は次のように励ましてもいる。

「君の小説を読んでいると、心がスカスカだなんて思えないよ」

「でもやっぱり、島で小説を書くのはとても難しいことです。消滅が起きるたび、どんどん言葉が遠くなってゆくようです。わたしがずっと小説を書いてこれたのは、あなたの消えない心がいつも側についていてくれたからかもしれません」

この時すでに、「わたし」はおじいさんの協力を得てR氏を自宅の隠し部屋に匿いはじめている。R氏は小説を読むことで「わたし」の「心」を感知し、「わたし」は島での消滅の進行に伴って小説が書きにくくなっていく（「言葉が遠くなってゆく」）というのだから、やはり島でのものと記憶の消滅と、「心」と、〝書くこと〟とは、（作中人物レベルをこえて）『密やかな結晶』という小説において確かな連関をもった要素といえる。

小説の消滅した世界で

してみれば、『密やかな結晶』とは、一方で小川洋子らしいモチーフを散りばめた独自の世界観を示した小説であると同時に、他方では、〝書くこと〟を過酷な状況に追いこむことでそのエッセンスを炙りだしていこうとする、小説の体裁を採った小説の実験装置なのだ。だから、そこでは〝書くこと〟や小説なるものの意味が問われていくのは当然として、「心」や「記憶」といった要素の導入にとどまらず、さらなる条件が課されていく。

そんな調子で無事に数週間が過ぎたあと、再び消滅がやってきた。もう慣れっこになっているつもりだったけれど、今度はそう簡単にはいかなかった。小説が消えてしまったのだ。

小説の存在とその記憶が消滅した世界——そこで「わたし」は小説家からタイピストへの転職を余儀なくされていくものの、R氏の励ましもあって小説を〝書くこと〟はつづけていく。小説の消滅した世界で、もと小説家「わたし」に期待される小説を〝書くこと〟——これが倒錯した事態であることはいうまでもないが、それは実験上の要請でもある。

「いや、大丈夫さ。消滅のたびに記憶は消えてゆくものだと思っているかもしれないけど、本当はそうじゃないんだ。ただ、光の届かない水の底を漂っているだけなんだ。だから、思い切って手を深く沈めれば、きっと何かが触れるはずだよ。それを光の当たる場所まですくい上げるんだ。僕はもう、君の心が衰えてゆくのをただ黙って見ているのには、耐えられない」

彼はわたしの手を取り、一本一本の指を温めていった。

「物語を書き続けたら、自分の心を守ることができるの?」

「そうだよ」

彼はうなずいた。息が指にかかった。

権力によるものの消滅と記憶の抹消が本質的なものではなく、「水の底」への抑圧にすぎないと看破するR氏。そうであれば、「手を深く沈め」てふれる「何か」を「光の当たる場所まですくい上げる」ことで「心を守ることができる」のだというのも理屈が通っている。重要なのは、相手が小説家「わたし」だからなのかどうか、その具体的な実践が「物語」を〝書くこと〟――それも「指」で書くところの「物語」であるという設定だろう（ちなみに、おじいさんは消滅したはずのオルゴールを毎日聞くけれど、変化はみられない）。

消滅の影響で、「既に小説を読むことはできなくな」り、「一個一個の言葉を音読はできても、つながりのある物語として理解することはできな」くなった「わたし」は、それでもタイピストとして働きながら、「金曜日と土曜日の夜」に「仕事机に向か」いはする。しかし、読むことも書くこともできないままに、「不安で一杯になって」しまう。「どんなにがんばっても、もうだめなんじゃないかしら」という「わたし」を、R氏は励ます。

「そんなことはないさ。小説を書いていた時と今と、君自身はどこも変わっていない。ただ違うのは、本が燃えてしまったということだけだ。紙は消えたけれど、言葉は残っている。だから大丈夫。僕たちは物語を失ったわけじゃないよ」

ここでもR氏の論理にぶれはない。「本」や「紙」の消滅は表層の現象にすぎず、深層の「物語」は失われていない。それだけでなく、「ゆっくり記憶をほぐし」、「言葉」という回路を通ることで、「水の底」にある「物語」にたどりつけるはずだというのだ。繰り返されるR氏の激励は、徐々に「わたし」にも影響を及ぼしていく。「消滅してしまったものに関わるのは、難しいこと」だというおじいさんに、次のように応じてみせるのだ。

「わたしも机の上に白紙の原稿用紙を広げてはみるんだけど、そこから先一歩も進めないの。自分のいる場所も分らないし、行き先も分らない。深い霧の中に取り残されたような気分よ。それで、何とか手がかりが欲しいと思って、タイプライターを叩くの。今、仕事机の上にはいつも、会社から借りた機械が一台置いてあるから。よく見るとね、タイプライターって魅力的な形をしているのよ。複雑で繊細で愛らしいの。まるで楽器みたい。だから活字のレバーが持ち上がる時のばねの音に耳を澄まして、そこから何か小説につながるものが聞こえてこないかと待っているんだけど……」

小説が消滅した世界という実験（仮説）の中で、「わたし」は〝書くこと〟の困難に立ちむかうために《世界の声》を聞きとろうとしている。もっとも、おじいさんから、小説には嘘を書いてもよいのかと問われた際に、次のようにこたえる「わたし」ではある。

「ええ。小説なら誰にもとがめられないそうよ。つまり、ゼロから作り上げてゆけるの。目の前にないものを、あるかのように書くの。存在しないものを、言葉だけで存在させるの。だから記憶が消えても、あきらめる必要はないんだって」

ただし、右にいう「ゼロから作り上げてゆける」という言葉の内実は、近代(以降)の小説に求められてきた、ゼロから何かを生みだすオリジナリティとは明らかに異なる。

そのことは、〝書くこと〟を間に挟んだ「わたし」とR氏のやりとりに示される。

浮かびあがる言葉

ある夜、わたしは思いきって原稿用紙に言葉を書きつけてみた。微かに照らされた空洞の風景を、書き残してみようとした。小説が消滅して以来、初めてのことだった。鉛筆の持ち方がぎこちなく、字はますめからはみ出したり、小さすぎたりして不恰好だった。そのうえ、自分の書いたものが本当に言葉と呼べるのかどうか自信もなかったが、とにかく指を動かした。

『わたしは水に足を浸《ひた》しました』

一晩かかって書けたのは、一行だけだった。わたしは繰り返し声に出してそれを読んでみたが、この言葉たちがどこからやって来て、どこへつながってゆくのか見当もつかなかった。


不安につつまれながらようやく書き得た一行を前に、「わたし」はその来し方行く末を案じている。こうした事態を裏返せば、「わたし」は自分の書いた言葉を制御《コントロール》し得ていないということになる。端的にいえば、右の一文は、無意識裡に書かれたものだということになる。そのことに戸惑う「わたし」に反して、事態をむしろ喜んでいるのはR氏である。


「いや。もう物語は動き始めているよ」

「そうかしら。わたしはあまり期待していないの。だって、水って何のこと？　足を浸すってどういうこと？　全然分らないわ。意味が伝わってこないんだもの」

「意味なんて重要じゃないよ。大切なのは言葉の奥底に潜んでいる物語なんだ。君は今、それを引き出そうとしているところなんだよ。君の心が、消滅したものを取り戻そうとしているのさ」

かつて「頭で書いちゃいけない。手で書いてほしいんだ」といったことの変奏として、ここでR氏は〝意味ではなく物語〟を求めている。言葉には意味があるべきだと思っている「わたし」に対して、R氏は、「言葉の奥底に潜んでいる物語」を重視している。R氏の小説観に即せば、それだけが小説には不可欠で、それを感知するためには「心」（の働き）が必要なのだ。こうしたR氏の方向づけを受けて、「わたし」は書きつづけていく。

とりとめのない言葉を書き連ねる作業は、細々と続けていた。小説を書いていた頃のエネルギーは冷えきったままで、回復の兆候は見られなかったが、図書館の炎が一晩中闇を照らし続けたあの夜の直後に比べれば、いくらか一つ一つの言葉の姿が見えてくるようになった。時計塔に閉じ込められたタイピストの指先や、時計室の床の木目模様や、山積みにされたタイプライターの影や、階段を昇ってくる彼の足音が、ぼんやり浮かび上がってきた。

ここでは、「わたし」にとっても〝書くこと〟が、自身の制御《コントロール》・意図をこえて、むこうから立ちあらわれるものと化している。ゼロから何かを生みだすのではなく、《世界の声》を聞きとることで、「わたし」は小説を書こうとしているのだ。

その後、島での消滅に伴い、身体（の一部）までも失いつづけていく人々は、ついに声だけの存在になってしまうのだけれど、そうしたなかで「わたし」は小説を書きあげる。

ただR氏だけがわたしをここへとどめるために、考えつくかぎりの抵抗を試みていた。そのどれもが無駄な努力だと分っていながら、わたしは余計な口を挟まなかった。彼は空洞になった身体をさすり、数々の〝品物〟にまつわる記憶を話して聞かせた。彼の投げる小石はわたしの心の沼に投げ込まれ、底へ着地することなく、どこまでもただ舞い落ちてゆくばかりだった。

「よくがんばったね。こうしてまた、君の原稿を手にすることができてうれしいよ。僕と君の間にいつも物語が存在していたあの頃が、よみがえってきたんだよ」

注目したいのは、完成の喜びを語るR氏のセリフの前に綴られた一節である。ここで「〝品物〟」とは、すでに島では消滅したことになっているにも関わらず、これまで「わたし」の母やR氏によって隠されてきたアイテムの数々である。つまり、R氏の行動は「わたし」の心の回復を願ってのものなのだけれど、それは、さしあたり「無駄な努力」だったというほかない。ただし、そこで用いられた比喩は『原稿零枚日記』を、それも〝書くこと〟という主題に近接したあらすじ作成のポイントを想起させる。R氏が投げる「小石」、それが「わたし」の「心の沼」に届く。それは「わたし」の意識においては「ただ舞い落ちてゆくばかり」だったとしても、無意識の深層には堆積されていったのかもしれない。

物語と記憶

もしそうであるならば、『原稿零枚日記』の「私」のように、『密やかな結晶』の「わたし」もまた、「小石」を探しだし、ひろいあげるというプロセスを〝書くこと〟という営みのどこかで無意識裡にせよ経ていたのかもしれない。「わたし」は権力によって消滅させられたもの、の痕跡＝「〝品物〟」を、R氏の好意と自身の無意識を経由しながら、〝書くこと〟を通じて、その小説に顕現させ得た小説家ということにさえなる。そして、それこそがR氏のいう「僕と君の間にいつも物語が存在していた」ということの内実なのだ。しかも、小説の消滅した世界という小説の実験装置を通じて「あの頃が、よみがえってきた」というのだから、〝書くこと〟とはどのような営みなのか、小説（家）とはいかなるものなのか、といった根源的な問いを、この小説（＝『密やかな結晶』）／小説内小説、現実世界の小説家・小川洋子／小説内小説家「わたし」を二重に折り重ねた小説として提示することこそが、『密やかな結晶』という小説総体の批評的《クリティカル》な主題だといえそうである。ここでのキーワードは、「物語」と「記憶」である。

小説を〝書くこと〟をねばり強くつづけ、「物語」を「完成」させた「わたし」ではあるけれど、「心の衰弱」はとまらず、身体の消滅も進行していく。この帰結についても、小説の体裁を採った小説の実験装置という観点から考えれば、実に理に適っている。

「わたしが消えたあとでも、物語は残るかしら」
「当たり前じゃないか。君が書きつけた言葉は、その一つ一つが記憶として存在してゆくんだ。僕の消えない心の中でね。だから安心していいんだよ」
「よかったわ。何か一つでも、自分がこの島に存在していた痕跡を残すことができて」

小説家（とその身体）は消滅しようとも、「物語／言葉」は「記憶」として「心の中」に存在しつづける。小説家「わたし」も、「物語／言葉」として存在の「痕跡」を残せたことに満足していく。ここで必要とされているのは、「物語／言葉」（とそれに基づく「記憶」）のみである。逆にいえば、その与件として小説家（とその身体）には〝書くこと〟という営みを通じて《世界の声》を言語化していく作業が要請される。ただし、それが一度《ひとたび》なれば、重要なのはそこから「記憶」を読みとり得る存在、つまりは読者（reader ≒ R氏）だけで、小説家（とその身体）は不要ですらある。〝書くこと〟という営みは小説家にしか担い得ないにもかかわらず／それゆえ、〝消え去る媒介者〟としての役割しか割りあてられることのない存在、それこそ『密やかな結晶』が示す小説観であり小説家像なのだ。すべてが消えゆく島で、「心」を保持したR氏《リーダー》が生き延びるのは、従ってストーリー上の要請である以上に、『密やかな結晶』という実験装置の要請である。そうであるがゆえに、『密やかな結晶』という小説が閉じられるためには、「わたし」の完全な消滅が必須で、結句が「閉じられた隠し部屋の中で、わたしは消えていった」となるのは必至である。

そこにある物語

本章が照準をあわせてきた小川洋子における〝書くこと〟という主題は、『原稿零枚日記』・『密やかな結晶』双方の読解を重ねてみることによって、より鮮明なかたちで捉えることができたはずだ。

両作品での小説内小説家「私／わたし」は、いずれもごく一般的な意味での小説家ではなく、ゼロから何かを生みだす創作としての小説を書く能力に欠けていた。それでいて、小説を書きあぐねつづける『原稿零枚日記』の「私」は、しかし「傑出」したあらすじを書くことができた。また、かつて小説家だった『密やかな結晶』の「わたし」は、小説の消滅後にもなお小説なるものを書きあげることに成功する。重要なのは、二人の小説内小説家が体現する小説（家）像、そして書き得た言葉のありようで、「結晶」・「物語」・「記憶」といった両作品のキーワード群や〝何か〟といった要素が渾然一体と化した小説（内）にこそ、小川洋子における〝書くこと〟という主題が交錯する要所があるはずなのだ。

両作品での小説内小説家「私／わたし」に共通しているのは、〝書くこと〟という営みに対する受動的な姿勢である。〝神の言葉の代理人〟にも擬し得るこうした小説（家）像は、それぞれにおいて、〝書くこと〟という営みに近接させるようにして描出されていた。『原稿零枚日記』においては、小説から「小石」をみつけて「配置」することで「あらすじの結晶」へと至らしめる達成がみられ、『密やかな結晶』では小説を書く術を失いながらも、《世界の声》を聞きとり、「言葉」に潜む「物語」を感じとることで小説が書きあげられていた。

こうした様相は、たとえば小川洋子が河合隼雄との共著『生きるとは、自分の物語をつくること』（新潮社、二〇〇八）にそえた、次に引く「二人のルート　少し長すぎるあとがき」の一節とも通底している。

ふと私は想像します。名前も知らないどこか遠い町にある、ひっそりとした治療室で、傷つき途方に暮れた誰かが、迷い込んだ迷路の風景を語っている。たった一人うす暗がりに向かい、自分の言葉にどんな意味があるのかも分からないまま、ただ語り続ける。暗がりの奥に身を潜めた私は、それをひたすら書き取ってゆく。誰かの心を支えるために必要なその物語が、間違いなくこの世に存在していることを証明するため、一字一字丁寧に書き留めてゆく。それが、私の書く小説だ……と。

そう考えると途端に気分が楽になりました。世界中にあふれている物語を書き写すのが自分の役割だとすれば、私はもうちっぽけな自分に怯える必要はないのです。物語は既にそこにあるのですから。

「物語は既にそこにある」、その上で、それを「書き写す」役割を担った存在としての小説家(像)――これは、『原稿零枚日記』や『密やかな結晶』という小説内で示された、二次的な書記者という小説家(像)と合致する。しかし、こうした言明がエッセイとして書かれるのは小説家の方法論の開陳として受けとめられるとして、他ならぬ当の小説内においてこうした小説家(像)が示されるということは、どう考えても倒錯的な事態である。現実世界において『原稿零枚日記』や『密やかな結晶』が現象し、認知されているところの〝小説(家)〟と、当の小説内で示される〝小説（家）〟との間には、はなはだしい存在様態・意味内容の相違がある。それらは、小説による小説の自壊とも呼び得る程度には深刻な事態であるはずで、しかも小川洋子の小説／エッセイにデビュー当初からみられる「物語／小説」という表現の混用が、こうした複雑な事態にさらなる拍車をかけてもいる。

〝何か〟を〝書くこと〟

近年の小川洋子が、現実世界における小説家としてしきりに用いる「物語」の内実は、『物語の役割』（ちくまプリマー新書、二〇〇七）における次の一節に尽きている。

> たとえば、非常に受け入れがたい困難な現実にぶつかったとき、人間はほとんど無意識のうちに自分の心の形に合うようにその現実をいろいろ変形させ、どうにかしてその現実を受け入れようとする。もうそこで一つの物語を作っているわけです。
> あるいは現実を記憶《きおく》していくときでも、ありのままに記憶するわけでは決してなく、やはり自分にとって嬉《うれ》しいことはうんと膨《ふく》らませて、悲しいことはうんと小さくしてというふうに、自分の記憶の形に似合うようなものに変えて、現実を物語にして自分のなかに積み重ねていく。そういう意味でいえば、誰でも生きている限りは物語を必要としており、

物語に助けられながら、どうにか現実との折り合いをつけているのです。

右にいう「物語」とは、「困難な現実」と「自分の心」との緩衝材《クッション》の謂いであり、それ以上でもそれ以下でもない。このように、通俗化した精神分析の枠組みで「物語」という言葉を用いる小川洋子は、確かに小説／エッセイの別なく「小説／物語」を類義語のように混用していくけれど、『原稿零枚日記』や『密やかな結晶』で示されようとしていた「小説／物語」には、それらとは明らかに異なる意味内容が託されていたことは、本章の読解にも明らかなはずだ。端的にいえば、小説について語る小川洋子はわかりやすいのだけれど、（小説家と小説の登場する）小説を書く小川洋子の思索は、それより深くて複雑なのだ。ここにも改めて、〝書くこと〟と無意識の相関関係が顕現しているようにすらみえる。

ここまで考察を進めた上で参照したいのが、『原稿零枚日記』上梓を機に行われた「インタビュー　言葉から遠くへ　物語の役割」（『青春と読書』二〇一〇・八）における、次のような小川洋子の発言である。

とんでもなく遠いところまで行って帰って来たつもりでも、書き終わってみると、やっぱり自分の中を旅していたんだなと気づく。たぶん、死ぬまで同じことを書き続けるんだろうなと思うんですね。千年も人間は書き続けてきたわけですから、もうあらかたのことは書かれてしまっているでしょうし。自分だけが特別に誰もやったことがないものを書こうとすることは、小説の目的ではないような気がしています。

こうした発言も、わかりやすい。また、『寡黙な死骸　みだらな弔い』に付された「あとがき」にボルヘスの名前がみられるように、《ともかく小説というものはまさにこの現在までに、その最善のものを蕩尽してしまったのだ》という、ジョン・バース／千石英世訳「涸渇蕩尽の文学」(『ボルヘスの世界』国書刊行会、二〇〇〇)などが示す認識をふまえていることも、よくわかる(『原稿零枚日記』については、『土佐日記』以来の日記文学の系譜が想起されるし、『密やかな結晶』についても筒井康隆『残像に口紅を』やポール・オースター『最後の物たちの国で』のみならず、村上春樹『世界の終りとハードボイルド・ワンダーランド』などの先行作品との、テーマ・モチーフ・細部などにおける類似性は疑う余地がない)。本章での『原稿零枚日記』や『密やかな結晶』読解でも、その小説内小説家が、何かしらの意味で二次的な〝書くこと〟を天分と自覚していたことは確認できた。

そうであれば、小川洋子が「自分だけが特別に誰もやったことがないものを書こうと」していないことは、明らかである。問題なのは、その上で、小説（内）に小説家や小説を登場させることで小川洋子が問題化している〝書くこと〟とは何なのか――それを、小説に即して考えぬくことである。

事態を整理してみよう。『原稿零枚日記』や『密やかな結晶』といった小説に登場する小説家たちは、その職業にもかかわらず、ゼロから何かを生みだす（近代以降の）いわゆる小説の書き手ではない。また、（小説をはじめとする）何かを読んだから書く、つまり現実世界というテクストも含めて、読んだことの帰結が〝書くこと〟に結びつくというタイプの小説家でもない。そうではなく、はじめにあるのは、〝何か〟を感じることだ。しかもそれは、感受性豊かな小説云々といった際にいわれる感じ方とは決定的に異なるものである。小川洋子の小説に登場する小説家たちが感じとるものは、言語化される以前の〝何か〟――「物語」や「結晶」というキーワードで指示されようとしてきた《世界の声》だ。しかもそこには、作中世界や作品をとりまく歴史／現実が流れこみ、息づいてもいる。

小説家たちは感じとった〝何か〟、感じとることしかできない〝何か〟を、〝書くこと〟で他者にも伝達可能なかたちにトレースし、その際に二次的な書記行為が求められる。そうして書かれたものは、読むことによって〝何か〟にたどりつき得るものとして小説内あるいは現実世界において現象することになる。このトレースの方向づけ、着地点のアレンジのために必須とされるのが、読者（または「編集者」）であることはいうまでもない。

そうであれば、〝書くこと〟という主題は、見えるものと見えないもの、歴史／現実と虚構、書き手と読み手、などといった日常世界にゆきわたった自明の前提を破壊的に突破するものであるはずだ。それらを、感じとることで媒介してしまう――そこにこそ、小川洋子の小説が示した〝書くこと〟という営みの内実、小説（家）の役割＝存在意義がある。

総じて、〝書くこと〟という主題は、現実世界の小説家・小川洋子（の制御《コントロール》）をもこえて、『原稿零枚日記』や『密やかな結晶』といった小川洋子の小説に、小説内小説家／小説内の〝書かれたもの〟を配することによって、確かに埋めこまれていたのだ。その、論理的には明示し得ない何かを、現実世界の読者は、ただ小説を読むことを通じて感受する。

第五章

越境・動物・自伝

多和田葉子『雪の練習生』

言語、動物、歴史

ドイツ語／日本語で詩・戯曲・小説・エッセイなどを発表しながら、自身も旅をつづけ、母語や翻訳というモチーフを積極的に作品化してきた〝越境作家〟——これが現在の多和田葉子に対する最大公約数的な見方だろう。ただし、多和田葉子は、初期から一貫して、言葉が織りなす不思議であるところの説話や言葉遊びにこだわりつづけてきた一面ももちあわせており、〝越境作家〟という見方にばかり囚われると、小説表現の豊かさを見落とすおそれがある（拙著『現代女性作家論』水声社、二〇一一、参照）。

本章では、多和田葉子『雪の練習生』（新潮社、二〇一一／第六四回野間文芸賞）をとりあげたい。すでに同作は、少なからず論評され、高い評価を得てもいる。しかし、その大半は〝越境作家〟という見方から多和田葉子らしさをひろいあげる仕方によるもので、作品の個別性にまでは目が行き届いていない。

そこで、本章では『雪の練習生』評の検討からはじめてみたい。

二頭のホッキョクグマが描かれ、そのうち一頭は二本足で立っている単行本の表紙が問わず語りに示すように、『雪の練習生』の主線を担うのは、人間ではなく三代にわたるホッキョクグマである。しかも、それはファンタジーとして書かれるのではなく、ホッキョクグマは人間世界に住み、さらには人語を繰りもする。

こうした様相は、「語りの迷宮　多和田葉子「雪の練習生」」（『文学界』二〇一一・四）の永岡杜人によって、〝越境〟という見方から次のようにまとめられている。

> おそらく作者〔多和田葉子〕はこれまで扱ってきた「越境」とそれによって可視化されるものという主題をホッキョクグマを主人公とすることによっていったん解体し、「越境」という状況を生み出す人間の世界の歪みを浮き彫りにしようとしたのであろう。人間の視点から語ったのではそのリアルさ故に見えにくくなってしまう経験的世界を動物のものとして語ることによって露わにしようとしたとも言える。

もちろん、『雪の練習生』においても、複数の言語（選択）や翻訳といった〝越境〟に関わるモチーフは用いられていくけれど、人と熊とが作品世界において混在－並置されることによって、そのスケールは飛躍的におしひろげられることになった。

このことと関わり、多和田葉子らしさの延長線上にある本作の特徴として、奥泉光が「選評」（『群像』二〇一二・一）で《『雪の練習生』は小説的「かたり」の特性を最大限に活かした作品》だと評した、語り（手）に関する方法にも注目しておこう。多和田葉子との対談「聖と俗の修道院を書く」（『群像』二〇一〇・九）で小野正嗣が《多和田さんの作品の主題の一つとして、語り手の移動が挙げられます。とりわけ国境を越えて言語が変わる移動です》と指摘するように、語りの問題は国境の移動／言語の多様性にも関わるため〝越境〟というモチーフにもつながっていく。とはいえ、『雪の練習生』には、この作品独自の語り（手）の工夫もみられ、その点については、多和田葉子との対談「動物になること、語りの冒険」（『新潮』二〇一一・三）で、松浦理英子が次のように指摘している。

語り手のレベルに注目すると、第一部はクヌートの祖母が語っているんだけれど、第二部になると人間がクヌートの母トスカの代理で語っている様相が現れてきて、第三部ではまず三人称と見せかけて、のちにクヌートの一人称にスルッと変わる。語り手が変幻自在で、人称まで変わってしまう面白さがあるんですね。

さらに、ホッキョクグマを小説に書いた動機について多和田葉子は、徐京植との共著『ソウル－ベルリン玉突き書簡　境界線上の対話』（岩波書店、二〇〇八）で、「今回あえて動物について書きたいと思ったのは、「動物」というテーマを抜かしてしまったら、言語について、都市について、政治について、何か言おうとしても大事な部分が欠けてしまうのではないかという気がした」からだと述べている。この発言から、多和田葉子は単にクヌート・ホッキョクグマを書きたかったのではなく、「「動物」というテーマ」を選んだということが確認できる。それは、さまざまな社会との関わりに目を向けるということであり、逆にいえば「「動物」というテーマ」を窓に、社会を考えるということでもある。

この間の事情については、『雪の練習生』出版後に多和田葉子本人がインタビュー「母語の外に出るのは決死の遊び」（『群像』二〇一二・一／聞き手・沼野充義）で語っている――「数年前からベルリン動物園のホッキョクグマのクヌートにとても関心があって、それは日常のごく個人的な関心だったのですが、いつの間にかいろいろなテーマがクヌートに集まってきた」として、社会主義国でのサーカス、熊の動物権、環境問題（北極の温暖化）、さらには「人間でも動物を育てられるとか、男性でも母親になれるとか、家族とは何なのか」といったテーマを具体的にあげ、「クヌートが可愛いという気持ちも加わって、気がついたら、いつの間にか小説を書き始めていました」と振り返っている。

実際、『雪の練習生』には、大文字の歴史としての冷戦（の痕跡）が、ホッキョクグマに直接関わる社会環境として書きこまれ、それが人間／ホッキョクグマの視点から複眼的に捉え直されていく。「動物になること、語りの冒険」（前掲）で「冷戦時代に出来上がってしまった考え方のパターンが、私たちの脳みそにまだ残っている」という多和田葉子は、「それでも、今の私たちが冷戦と聞くと非常に滑稽なわけで、ましてクマ絡みでは、より滑稽」だと、『雪の練習生』の設定に直接関わる認識を示してもいる。

こうした『雪の練習生』の達成について、沼野充義は「母語の外に出るのは決死の遊び」（前掲）で《人間の言葉を繰る熊という存在を持ち込むことによって生まれた言語的な実験性と、歴史的な重い背景とが見事に交差していて、新境地の作品という印象を持ちました》と高く評価する。それにこたえ、多和田葉子も次のように自作を振り返っている。


言語、動物、歴史という三つの要素を、この作品では一度に結びつけることが出来ました。ストーリーも最初に決めるのではなく、勢いに任せて書いたので、一匹の熊における時間が前後するところも自然に出てきた。一つの玉のように浮かんだアイディアを転がして、自分で考えられる範囲を超えて書けた満足感がありました。

ここで重要なのは、「自分で考えられる範囲を超えて書けた」という一節で、逆にいえば、『雪の練習生』というタイトルのもとに編みあげられた言葉は、多和田葉子本人の制御《コントロール》をもこえたものになっていったのだという。

〝書くこと〟の不気味さ

『雪の練習生』第一部「祖母の退化論」は、サーカスのホッキョクグマ＝「わたし」が、かつて、二本足で立つ練習を課せられた際の記憶－描写からはじまる。すると、次のような文章があらわれる。

ものを書くというのは不気味なもので、こうして自分が書いた文章をじっと睨《にら》んでいると、頭の中がぐらぐらして、自分がどこにいるのか分からなくなってくる。わたしは、たった今自分で書き始めた物語の中に入ってしまって、もう「今ここ」にはいなくなっている。眼を上げてぼんやり窓の外を見ているうちに、やっと「今ここ」に戻ってくる。でも「今ここ」って一体どこだろう。

こうした本文を読めば、冒頭の描写が〝右の一節を書き綴った「わたし」が「書いた文章」〟であることは明らかである――語り手「わたし」は、慣れない「物語」を書きはじめたところなのだ。つまりこの小説では、本来水準を異にする「わたし」が「書いた文章」と、「わたし」をめぐる（現在進行形の）叙述とが併走して書かれていく。別言すれば、この「祖母の退化論」は、小説内の創作物である「書いた文章」がその一部として引用されていく、入れ子型の構造となっているのだ。その意味で、「祖母の退化論」は、サーカスの花形から作家へと転身を遂げたホッキョクグマの自伝であると同時に、原理的な思索から具体的な運用まで、〝書くこと〟を主題とした小説でもある。

ものを書きはじめた当初、「わたし」は〝書くこと〟への戸惑いを隠せないでいる。

> モスクワに戻ってからわたしは失敬してきたホテルの便箋《びんせん》に続きを書き始めたが、ここまで書いてわたしは同じ時間をなんども塗り直しているようで、なかなか先へ進めないことにいらだちを覚えた。波が打ち寄せてはまた引いていくように、思い出は寄せてはまた引いていってしまう。次に寄せてくる波は前の波とほとんど同じだけれど、よく見ると少しだけ違う。どれが本当の波なのか分からないまま、わたしも何度も同じことを繰り返し書くしかない。

思い出を「波」にたとえる「わたし」は、いつしか時間感覚を喪失していく。しかもそれは、思い出／〝書くこと〟の中だけにとどまらず、書く「わたし」が存在するこの世界にまで影響を及ぼしていく。――かつて、二足歩行を「わたし」に仕こんでいた、つまりは思い出の中のイワンがいつの間にか「わたし」の隣にあらわれ、そして消えていくのだ。「イワンのことを書いたせいでわたしの中で死んでいたはずのイワンが生き返ってしまった」と淡々と綴る「わたし」だけれど、「波」‐思い出をなぞり返し、書くという営みの反復は、時系列を溶解させながら、虚実すら混沌とした世界へと「わたし」を連れ去っていく。

その時感じた息苦しさから逃れるため、「わたし」はアパート管理人のおばさんにウォッカを求めるが、事情を話しているうちに「それなら日記ではなく自伝を書けばいいでしょう」と助言される。これを契機に、「わたし」は意識的に自伝を書くようになっていく。

自伝を書くというのは本当に奇妙な感触だった。それまで会議でしか使っていなかった言語というものを使って、自分の身体の柔らかいところにさわるというのは、禁じられたこと、恥ずかしいことだという気がしてしまう。だから書いたものを誰にも見られたくないと思っていたくせに、自分の書いた字がびっしり並んでいるのを見たら、どうしても誰かに見せたくなってしまった。

〝書くこと〟に端を発するこの感触－欲望は、「わたし」の運命までをも動かしていく——「書いたものを誰に見せようかと頭をひねった」「わたし」は、それをサーカス時代のファンにして、今は文芸誌の編集長であるオットセイにもちこむ。すると「わたし」の知らぬ間に、オットセイは自伝を雑誌に発表したらしく、「わたし」は人づてにそのことを知らされる。本屋でも売り切れだという掲載誌を、「わたし」はある劇場の楽屋ではじめて目にする。

手に取って読んでみると確かにわたしの書いた文章だけれど、題名はつけた覚えがないし、つけてくれと頼まれた覚えもない。オットセイの奴《やつ》、「涙の喝采《かっさい》」なんて勝手に安っぽい題名をつけて、しかも「第一話」と銘打っている。作者の了解を得ないで連載にしてしまうなんて横暴すぎる。

こうした不満を抱く一方で「わたしの書いた文章」が、ついにその読まれ方において不特定多数の読者に曝される出版物として公開されたことは確かで、オットセイの「横暴」さによって「わたし」は「作家になる」。しかも、「正確に言えば、わたしが作家になったのではなくて、書いた文章がわたしを作家にした」。

しかし、（作中の）現実は、「わたし」のペースとは関わりなく、「わたしの書いた文章」―「わたし」＝「作家」を、さらなる地点へと連れ去っていく。「西ベルリンに住んでいるアイスベルグというロシア文学研究家が早速ドイツ語に訳し、文学雑誌に発表し」、「新聞でそれが取り上げられ」、読者からも続編を要望する手紙が届くのだ。

翻訳されて外国の読者にも「わたしの書いたもの」が届くことで、「涙の喝采」は新聞で絶賛される一方、「西側のジャーナリストたち」には「虐待《ぎゃくたい》の証拠」と位置づけられていく。そのことを当局が察知したようで、オットセイからは連載を打ち切られ、「会議への呼び出しも全くかからなくなった」。このようにして、〝書くこと〟は「わたし」を作家にしただけでなく、その存在を社会的係争の渦中へと投げこんでいく。「わたし」は〝書くこと〟の次のステージへと至り、作家として「危険な芸」をつづけていくだろう。

自伝をめぐる懐疑

不穏な日々の後、「わたし」は「不可解な招待状」に導かれ、亡命同然のかたちで西ベルリンへと向かう。そこで「わたし」は、部屋と食料を用意され、ヴォルフガングの世話をうけながら創作活動にいそしむことになる。とはいえ、新しい環境での執筆は思うように進まない

——外出に憂いて「もう家に戻って、自伝の続きを書きたい」と思うものの、「一人机に向かうと、机が低すぎて自伝が書けない」、「ヴォルフガングが部屋にいると書けないので帰ってもらったが、誰とも話ができないのでは寂しくて書けない」。町に出た「わたし」は、本屋で（他の人が書いた）自伝の存在を知り、そのいくつかを読み進めていくことで、自身の〝書くこと〟という営みを問い返していく。

翌日、久しぶりでヴォルフガングが訪ねてきたので猿の話をすると、「読書している暇があったら執筆した方がいいと思うよ」と言って顔をゆがめた。「作家にとって読書は時間の無駄だ。他人の書いた本を読んでいる間は、自分の本を書かなかったことになるからね。」「でも読書はドイツ語の勉強にはなるでしょう。わたしがドイツ語で書けば、翻訳しないでいいから、あなたは時間の節約になるでしょう。」「いや、君は母語で書かなければだめだ。本心を自然に吐き出さなければだめだ。」「母語って何？」「母の言葉だ。」「わたしは母親と話をしたことはないの。」「話したことはなくても母親は母親だろう。」「彼女、ロシア語は話せなかったと思う。」「君の母親はイワンだろう。忘れたのかい？　女性が母親になる時代は終わったんだ。」

かつて「涙の喝采」翻訳によって余儀なくされた亡命のゆえもあり、「わたし」は言語の問題に敏感で、無知を装って母語を疑いながら、自伝の公開については意識的な配慮をみせるようになっている。実際、「作家をシベリアでのオレンジ栽培に参加させない会」の新リーダー、イェーガー氏が「わたし」を訪ねた際に「わたし」は、「なかなか進みません。言語の問題があるので」と応じて、相手を苛立たせてもいるのだ。「この訪問のせいで、また筆が萎《な》え」、「亡命する前には書きたいことが蛆《うじ》のようにわき上がってきたんですけれど、ここに来てから、どうも昔の自分とつながらなくて記憶がぷっちり途絶えてしまって、先が続かないんです」と、思い出すこと―〝書くこと〟の困難を自覚していた「わたし」ではあるけれど、偶然テレビに映った自分の姿に記憶を喚起され、少しずつ自伝は書きつがれていく。同時に、本物の記憶に、いつしか事後的な脚色が入りこんでいる可能性にも気づきはじめ、「わたし」は次のような懐疑を抱くようになる。

自伝を書くということは、思い出せないことを推測で作り上げるということかもしれない。わたしはイワンのことはすでに自伝にくわしく書いたつもりになっていた。でも正直言うと、イワンの顔なんて全く思い出せない。思い出せないというより、あまりにもはっきりと思い出せてしまうので、嘘《うそ》だと分かる。

過去の記憶を思い出すこと、そしてそれを〝書くこと〟が、「わたし」の自伝（執筆）のスタイルだった。それが、出版‐翻訳、さらには亡命、（他人の自伝の）読書という体験‐契機を経た現在、改めて「自分が書いた文章」を読む時、以前のように素朴には読めなくなっているという実感。しかも、それが自身の自伝（執筆）のスタイルへの根本的な懐疑となってたちあらわれた以上、〝書くこと〟をめぐる「わたし」の軌跡‐思索は、一つのサイクルを描いて〝書くこと〟の原点＝スタートラインに、「書くことへの疑いがめざめてしまった」という決定的な困難‐自覚を伴ってたどりついたといってよい。

ここで、〝書くこと〟を通じてあらわれる「私」を考えるという観点から、《「私」が「私」を描くというのは絶対矛盾》だという古井由吉『「私」という白道』（トレヴィル、一九八六）から、次の議論を参照しておこう。

世の中には、私小説と言われなくても作者が「私」らしき人物を中心に置いて書く作品はいくらでもあります。で、素朴な読者は額面どおりに受け取るわけですが、これにはいろいろ虚実とりまぜた内情があるわけで、私を描く、できるだけありのままを描くということほど、はなはだしいフィクションはないんです。「現実」と「書いていること」の誤差を少なくしていけば少なくしていくほど、質的な隔たりは大きくなる。つまり書くということがすでにフィクションの要素を持っているんです。

にもかかわらず、私小説や自伝は、《「現実」と「書いていること」の誤差》が限りなくゼロに近いことを僭称し、しかもそのようなものとして受けとめられてきた。あるいは、そうした風土の中で、書く「私」と書かれる「私」の差異や、〝書くこと〟と不可分な《フィクションの要素》は不問に付されてきた。しかし、私小説や自伝の信憑性こそがフィクションなのだ。ひょんなことから自伝を書きはじめ、〝書くこと〟に憑かれた／疲れた「わたし」がこの地点で問い返しているのは、そうした根源的な問題に他ならない。

自由自在に〝書くこと〟

その後、ネオナチに襲われたこともあって、カナダ亡命の話が一挙に具体化していくのだけれど、その時「わたし」は、「それまで思いも寄らなかった不安」を感じる。

「過去のことは多少自伝に書いておいたから安心だけれど、これからどんなことが起こるか分からない」という不安にまで深まり、最後には「これからどんなことが起こっても言葉ができないからそれを記述することができない」という結論に達すると眠れなくなってしまった。〔……〕死なんて怖いと思ったこともないのに、自伝を書き始めたせいか、まだ書かれていない部分が書かれないまま消えてしまうということが恐ろしかった。

〝書くこと〟と生／死が、「わたし」の不安においては一体化している。この時すでに、かつての自伝（執筆）のスタイルであった、自分自身の過去について思い出して書くという営みは、すっかりその役割を減じ、亡命‐移住後の新しい言語（英語）によって、未来まで〝書くこと〟が保証されなければ安心できないようになっている。

「カナダへ渡ること自体が不安」という「わたし」だけれど、窓の外で「自転車に乗った少年」が「曲乗りの練習をしている」様子から、心機一転のチャンスをつかむ。

自由自在という言葉が浮かんで、そうだ、わたしも自由自在に自分の運命を動かしたい、そのために自伝を書こう、と思った。わたしの自転車は言語だ。過去のことを書くのではない、未来のことを書くのだ。わたしの人生はあらかじめ書いた自伝通りになるだろう。

このようにして「わたし」の〝書くこと〟をめぐる冒険は、自伝の範疇ばかりか、常識の範疇からも逸脱していく。〝書くこと〟と生きることとが一致し、しかも未来記よろしく〝書くこと〟――書かれたものこそが、現実をつくり、動かしていくという確信。そんな「わたし」であれば、「祖母の退化論」結末部の不可思議な展開もとりたてて驚くにはあたらない。

トロントで、カナダに亡命した人たちの伝記／亡命文学を読みはじめる「わたし」は、一冊目、二冊目を書き写しながら読んでいくものの飽いてしまう。けれど、三冊目には「つい引き込まれて読んで」いく。そこに書かれているのは、職業訓練所に通いながら「自分だけ色が白いことに劣等感」を感じ、親切な青年のクリスチアンと結婚して二子を産み、娘をトスカと名づけたという「わたし」のことであった。

書き写しているうちにすっかりその気になってきた。そうだ、これをわたし自身の物語にしよう。途中までは他人の書いたものを書き写していたが、いつの間にか自分の脳に自然と流れ込んでくる「お告げ」を文字にしていた。

〝書くこと〟で未来の現実をつくり、動かすことを、「祖母の退化論」という小説世界の中で「わたし」が決め、その「わたし」が右のように書いた以上、それが当初「他人の書いたもの」であろうが、それはこの「祖母の退化論」の語り手「わたし自身の物語」なのだ。そこでは、「わたし」が東ドイツに亡命する未来までが書かれる。
枕《まくら》に耳をうずめて、背中をまるめて、まだ生まれていないトスカを胸に抱きしめて穏やかな眠りにおちていった。娘のトスカはバレリーナになって舞台に立ち、チャイコフスキーの「白鳥の湖」、または自分でアレンジした「白熊の湖」を踊り、やがて可愛《かわい》らしい息子を生む。わたしにとっては初孫だ。その子はクヌートと名付けよう。

右の一節では、初孫のクヌート（第三部主人公）にまで思いが馳せられている。こうして第二部・第三部の主人公――つまりは娘と孫の名前が予示されたところで、「わたしに残された時間は一体どれくらいなんだろう」という一文を残して筆はとまり、〝書くこと〟をめぐる「わたし」の冒険は終わり、同時に「祖母の退化論」も終幕を迎える。

夢－コミュニケーション

『雪の練習生』第二部「死の接吻」・第三部「北極を想う日」においては、第一部「祖母の退化論」ほど、〝書くこと〟という主題が目立つことはない。それでも、「死の接吻」・「北極を想う日」においてもホッキョクグマが語り手（書き手）をつとめるというユニークな設定は保持され、何より、「祖母の退化論」が読解コードとして機能し、〝書くこと〟という主題－〝書くこと〟への根源的な問い返しを、それ以降の本文にも及ぼしていく。
さしあたり「死の接吻」は、サーカスで働くウルズラという女性の一代記といってよい。後に〝死の接吻〟とジャーナリズムに報じられることになる、熊使い・ウルズラとホッキョクグマ・トスカによる芸の描写からはじまる「死の接吻」は、「わたし」＝ウルズラの視点から語られていく。さまざまな時間軸が配置された「死の接吻」ではあるけれど、メインになるのは、「わたし」の属するサーカスにトスカがやってきて、二人で〝死の接吻〟を完成させて大成功を収めるまでの時間軸（の流れ）である。その間、「わたし」と夫や団長との人間関係が書かれ、そこから回想される過去の時間軸では、サーカスに入るまでの幼少期のことごとも語られていく。そうしたテクストの様態自体は、近代以降の小説としてとりたてて不思議とも複雑ともいえないけれど、次の一節によって事態は一変する。

その時、目の前にあるトスカの瞳が黒い炎になってゆらめき始め、あたりがまぶしいくらい明るくなって、その明るさの中で天井と壁を区切る線が消えていった。トスカのことは少しも怖くなかったけれど、まわりの雰囲気が怖かった。〔……〕ここでは諸言語の文法が闇に包まれて色彩を失い、溶けあい、凍りついて海に浮かんでいる。「話をしましょう。」一枚の氷の板の上にトスカといっしょに乗って海に浮かんでいるというだけで、トスカの言っていることが全部分かる。

サーカスにトスカを呼び寄せ、その芸を考えながら「貧しい時代のことを思い出していた」時のことである。この時、「わたし」とトスカは、特別な「地帯」で「諸言語の文法」とは全く異なる回路によってコミュニケーションを果たしている。しかも、「動物の考えていることがアルファベットを読むようにはっきり読める」という「わたし」が信頼関係を築きつつあったトスカとの間に成立させた、夢‐コミュニケーションとでも称すべきものが、一方通行の妄想ではなく「人と動物の共有する第三地帯」だということも翌日の練習で確認される。そうであれば、「トスカの考えていることが雪の日に真っ白な画用紙に濃い鉛筆で書いた字のようにはっきり読める」という「わたし」が、次のように問われても不思議はない。

「生まれた時は真っ暗だったの。寒くて、いつも母にぴったりくっついていたの。母はいつも眠がっていて、物も食べないし、外にも出ない。穴から出るまでは、目が見えなかっただけではなくて、耳も聞こえなかったみたい。わたし未熟児だったのって後で訊いたら、熊類はみんな未熟児なんだって。あなたのお母さんはどんな人だったの？」

すっかり熊の子の気持ちになりきっていたわたしは急に質問されてはっと我に返り、人間としての自分の幼年時代を思い出さなければならなくなった。

このように「死の接吻」では、「わたし」＝ウルズラを軸としたさまざまな時間軸／領域が書き綴られていくのだけれど、右の一節が例示するように、この夢‐コミュニケーションにおいて重要なのは、（話題内容よりも）さらなる語りが促されていくことである。

そんな折、「わたし」は若手演出家のホーニッヒベルグから「トスカが体型や言語が違うためにいかに差別されてきたかという話」を聞きだし、次のような感想を抱く。

わたしはトスカの苦難を思って胸を痛め、ああ芸人なんて本当に可哀想《かわいそう》だ、どんな経歴を辿《たど》っても今現在の舞台でしか判断されない。よほどの栄光に輝けば老年誰かが伝記を書いてくれることもあるし、誰も書いてくれなくても人間なら貯金して自費出版するという手もある。しかし熊の辿った女性としての苦難の道は死とともに忘れられてしまうのだろう。哀れなる者よ、汝《なんじ》の名は熊。

ここで、「わたし」が〝書くこと（書かれること）〟によってのみ芸人の生涯が救われると考えている点に注目したい。そんな「わたし」であるがゆえに、トスカとの夢－コミュニケーションにおいて〝書くこと〟が話題になった際、「あなただけの物語を書いて、お母様の自伝の外に出してあげる。」と、自ら大役を引きうけることにもなる。勢いこんで約束したものの、「これまで手紙くらいしか書いたことのないわたしにどうしてトスカの伝記が書けるだろう」と想到する「わたし」は、しかし十分な紙と鉛筆もないままに〝書くこと〟へと向かう。この前後から、「死の接吻」の記述は、「わたし」が語ったこと（の文字化）から、書かれたものへといつしかスライドしていく。

こうして、トスカにも伝記を書きはじめたことを告げる「わたし」は、トスカとの芸を考える現在と、自分とトスカとの過去とを往還しながら、ことごとを書いていくだろう。トスカも「わたし」も「鏡像のように同じ格好」で寝ていたというエピソードが示す通り、夢－コミュニケーションも含め、「わたし」とトスカの心的距離は近く、理解しあっているのだけれど、トスカの伝記を〝書くこと〟はまだのようで、「わたし」は次のように謝りもする。

「あなたの話を書く、と約束したのに自分の話ばかり書いてしまったの。ごめんなさい。」
「いいのよ。まず自分の話を文字にしてしまえばいいの。そうすれば魂がからっぽになって、熊の入ってくる場所ができるでしょう。」

そんな「わたし」でも、「あなたと会話ができていると信じているのはわたしだけで、もしかしたらそれは思い込み」、「願望妄想」かもしれないという不安をぬぐえずにいる。しかし、ことの真偽はサーカスの舞台において、これ以上ない幸福なかたちで確かめられる。

語り（手）の転換

文庫本一九八頁の一行空き以降、「死の接吻」結部は、それまでと同じ「わたし」という一人称代名詞ながら、語り手（書き手）＝「わたし」がトスカへと転換されている。

> わたしとウルズラはパンコフにもマンフレッドにも内緒で筋書きにはないシーンを一つだけ最後に見せることに決めていた。そしてそれを何度も二人だけで夢の中で練習した。ただ、わたしはその夢を見ているのが自分だけなのか、それともウルズラも同じ夢を見ているのか、確信が持てないので不安だった。

つまり、〝死の接吻〟――ウルズラの舌の上の氷砂糖を、トスカが舌で絡めとる芸――は、驚くべきことに夢－コミュニケーションにおいてのみ練習したものなのだという。

わたしは緊張していた。ウルズラが角砂糖をさっと自分の舌に乗せるのが見えた。やっぱりわたしたちは同じ夢を見ていたのだ。わたしは一度前足を下ろして位置をなおしてウルズラの正面に立ち、腰をかがめて首を伸ばし、彼女の口の中にある角砂糖を舌で絡《から》め取った。観客席からどよめきが起こった。

芸の成功にもまして重要なのは、ウルズラとトスカとが「同じ夢を見ていた」ことが、サーカスでの上演によって確定されたことである。こうした物語内容における劇的な展開と同時に、「死の接吻」では語りの転換もなされていく――トスカの「物語」を〝書くこと〟を約束した「わたし」＝ウルズラが、いつしか「わたし」＝トスカによって書かれる立場へと反転している。こうした転換と、「わたし」＝トスカが〝書くこと〟を代行し得たゆえんについては、後にトスカ自らが語っている。――一九九九年のサーカス・ユニオンの解体に伴い、ウルズラも「サーカス界をあっけなく追い出され」、トスカも「ベルリン動物園に売られることになった」。そのショックで寝こんでしまったウルズラは、「この世を去るまでの最後の約十年間、もう人間には理解されない落胆と怒りの言葉を発しながら生きた」という。トスカは「ウルズラの晩年の言葉を聞き取って書きとめるという役目」を引きうけて実践したというけれど、それが可能だったのは、「接吻によって流れ込んできた魂のおかげ」なのだ。ここで「魂」とは、夢－コミュニケーションで練習し、大成功を収めた〝死の接吻〟と関わる、トスカからすれば単なる芸の範疇を大きく逸脱した次のようなコミュニケーションであったという。

ウルズラはわたしと向かい合ってきりっと立ち、唇だけをやわらかく差し出す。その時、彼女の喉《のど》が闇《やみ》の中で大きく開いて、魂が奥でちらちら燃えているのが見える。一度接吻する度に、人間の魂が少しずつわたしの中に流れ込んできた。人間の魂というのは噂《うわさ》に聞いたほどロマンチックなものではなく、ほとんど言葉でできている。

つまり、〝死の接吻〟はウルズラとトスカにとって、他でもない言葉を介したコミュニケーションだったのだ。そこに、「壊れた言葉の破片や言葉になり損なった映像や言葉の影なども多」かったというのは、社会化される以前の言葉もまた、共通言語だったということだろう。このようにして〝書くこと〟を担ったトスカは、「動物園でラルスと恋仲になりクヌートきょうだいを出産した時期でさえ」、「ウルズラの伝記を書く筆を休めなかった」という。そんなトスカは、息子クヌートについても次のように言及していく。

クヌートの弟は虚弱体質で生まれてすぐに死んでしまったが、クヌートには狼《おおかみ》に育てられてローマ帝国を建国した双子のような大物になってほしかったので、あえて別の動物のところに里子に出した。そしてわたしの思惑通りクヌートは、地球の環境を守るために世界的に活躍する立派な活動家に育った。それだけではない。芸を磨かなくても、人の関心を集め、人の心を動かし、愛情と賛嘆を呼び覚ますことができるということをクヌートはわたしたちみんなに教えてくれた。

『雪の練習生』としてみれば、第三部「北極を想う日」の予告でもある右の叙述ではあるけれど、トスカは〝書くこと〟という営みを、「ウルズラの物語を書き綴《つづ》ること」に自ら限定する。そして、「わたしたちの幸せのクライマックス」であるところの一九九五年の夏、〝死の接吻〟の「場面をわたしの視点から描くことでこの伝記を締めくくりたいと思う」という自己言及につづいて、その描写を五行ほど書き綴って「この伝記」は終わり、それはつまり『雪の練習生』第二部「死の接吻」の終幕でもあった。

「わたし」という言葉

『雪の練習生』を貫く〝書くこと〟をめぐる主題系は、表面的には第三部「北極を想う日」では目立たないものの、その実、より原理的なポイントへと肉迫していくとみるべきだろう。というのも、第三部における言表の主体であるクヌートが体現していくのは、ハートウォーミングな物語内容とは裏腹に、(〝書くこと〟以前に)言葉のありようそれ自体への根源的な問い返しなのだから。どういうことか、具体的に本文を読んでいくことにしよう。

「北極を想う日」冒頭部は、主語を示すことなく次のようにはじまる。

口に乳首が突きつけられる。思わず顔をそらしても、乳首は口にくっついてくる。脳がとろけそうになるくらい甘いにおいに誘われて、鼻がひくひくし、口がだらしなく開いてしまう。顎《あご》を伝ってこぼれる生暖かい液体は、ミルクなのか、それとも涎《よだれ》なのか。唇に力を入れ、喉《のど》をごくんとやって、喉の奥を暖かいミルクが流れ落ちていくのを感じる。それが胃におさまって、お腹がまるくなる。肩の力が抜けて、手足が重くなる。
そのうち声が聞こえ始め、目も見えるようになってきたが、それはある日急にそうなったわけではなくて、毎日なんとなくまわりの事物が形を成していく中で、気がつくと、毛むくじゃらの腕が二本あって、そのうち一本からミルクが出ること、もう一本がそのミルクを飲める姿勢に身体《からだ》を支えてくれることが分かってきたのだ。飲んでいる間は夢中で、お腹がいっぱいになると睡魔に襲われ、目が覚めると四方を壁に囲まれていた。

声も聞こえず、目も見えぬ言表の主体を想定すれば、現実的にはありえないほどのボキャブラリーとリテラシーを備えていることになるが、自己／他者認識のあいまいな段階での、ミルクを飲むことにまつわるさまざまな感覚が、限られた知識‐情報から語られていく。読み進めていくと、次第に言表の主体たるホッキョクグマとその世話をする男性人物がいるという状況が明らかになっていく。

ミルクを待ち望みながら、飼育係「そいつ」の言葉を聞き、言表の主体は少しずつ新しいことにふれ、それらに言葉を与えていくだろう。「箱の外に出たかったんだね。ほら出たぞ。どうだ、外に出た感想は？」と飼育係に声をかけられると、次のように感じる。

> それにしても、外と呼ばれる空間があって本当によかった。外ではミルクが飲めるからというだけじゃない。お腹がすいていなくても、手が勝手に木箱の内側を引っ掻いて、外を欲しがる。外の光景を一目見ようとして、首が勝手に長く伸びる。生きるということはどうやら外へ出たいという気持ちのことらしい。

さらに、ミルクをくれる飼育係について、言表の主体は次のように名づけを行いもする。

力強い腕の持ち主は、ミルクをくれる前に必ず熱っぽく「クヌート」と何度も呼ぶので、ミルクを飲みたいという気持ちそのものを「クヌート」と名付けることにした。

「力強い腕の持ち主」とは、後にマティアスとその名が明かされる飼育係のことだし、「クヌート」とは、他ならぬ言表の主体自身の名前である（後に、言表の主体もそのことを学習する）。だから、言葉を正しく運用することのできないホッキョクグマの幼さが「北極を想う日」冒頭部では顕著に示されているのだけれど、重要なのは、言表の主体が言葉に対して、その自明性をゼロから問い返しつつ関わっていくことで、その不可思議さを照らしだしていく点にこそある。「ミルクを飲みたいという気持ち」から転じてミルクを求め、その気持ち自体を「クヌート」と名づけもする言表の主体は、「ミルクを与えてくれる力強い腕の持ち主」が「次に出現した新しい男によって「マティアス」と呼ばれた」ことを通じて、マティアスという名前も認識していくことになる。それでもなお、自身のことは「クヌート」と呼ぶ。そんな言表の主体が、自称の奇妙さに気づくのは、園内の散歩で出会う「新しい種族」との会話を通じてだった。

マティアスに「マレーグマに話しかけてみたら」といわれた言表の主体は、実際に声をかけてみる。

気取っていないし、残酷そうにも見えないので、おそるおそる「今日も暑いな」と声をかけてみると、「暑くないよ。寒いよ」という返事をあっけなく返してきた。「君はそんな薄着をしているから寒いんだろう。クヌートを見ろ。いいセーターを着ているだろう」とクヌートが言いかえすと、マレーグマは顔を雛だらけにして笑って、「お前は自分を自分でクヌートと呼んでいるのか。はっはっは。三人称の態か。これは愉快だ。それとも、君はまだ赤ん坊なのか」とからかった。

「金輪際マレーグマと話をするのはやめようと思」うほどに腹をたてた言表の主体は、「クヌートだからクヌートと呼んでどこがおかしい」と思いながらも、「一度気になり始めるとそれ以外のことが考えられなくな」ってしまい、反省的に周囲を観察しはじめる。

あらためてマティアスとクリスティアンの会話に耳を澄ましていると、確かにマティアスは自分自身のことを「マティアス」とは呼んでいない。「マティアス」というのは他の人がマティアスを呼ぶ時に使う言葉で、本人は使っていない。これまで気がつかなかったが、何と不思議な現象だろう。それでは自分のことをどう言っているかよく聞いていると、

「わたし《イッヒ》」と言っている。しかも驚いたことにクリスティアンも自分自身を「わたし」と呼んでいる。

こうした観察から、言表の主体は「みんなが自分自身のことを「わたし」と呼んでいて、それでよく混乱しないものだ」と驚きつつも、翌朝の散歩では、隣人のツキノワグマ相手に「早速「わたし」という言葉を使ってみることにし」、「わたしはクヌートという者だが」と声をかけもする。同時に、クヌートは「「わたし」という言葉を使い始めてから、他人の言葉が身体にまともにぶつかってくるようになってしまった」と、一人称がもたらす身体への作用にも反応している。

クヌートの言語体験

こうしてクヌートは、散歩をはじめとしたさまざまな出来事を言語体験として受けとめていく。そうした事態をクヌートは次のように感じてもいる。

疲れて眠い時には、マティアスと二人きりでいられたらどんなにいいだろうと思う。二人きりでいると、まるで一人みたいで、「わたし」という名の新しい重荷を肩から下ろすことができる。でも一眠りしてまた元気が回復すると、マティアスと二人だけで遊んでいるよりも、外の世界に出ていってみたくなる。

このように「北極を想う日」では、クヌートがホッキョクグマとして成長していく物語内容的な面とあわせて、言葉の自明性を疑いつつ、言葉との関わり方を模索していく〝書くこと〟という主題に連なる面とが、織りあわされて綴られていく。

実際、ホッキョクグマであるクヌートは、「マティアスが読んでくれるのを聞きながら新聞を眺めているうちに、だんだん自分でも字が読めるようになって」いく。そんなクヌートにとって〝書くこと〟をめぐる主題を触発されるのは、やはり一人称を教えてくれたマレーグマである。マティアスと水泳をはじめたクヌートは、翌日、そのことをマレーグマに自慢する。

「ばかばかしい。わたしには泳いでいる時間などない。今ちょうど、マレー半島の歴史をマレーグマの視点から書くという大事業に取り組んでいるところだ。」わたしはあのマレーグマがモノカキをしているとは知らなかったので、くやしさも忘れて、「マレー半島というのは遠いんですか」と訊いてみた。マレーグマは馬鹿にしたような顔をして、「遠いよ。でも君にとって遠いというのはどのくらい遠いことを言うのかね。北極にも行ったことはないんだろう」と鼻先にせせら笑いを浮かべた。「どうして、わたしが北極へ行かなければならないんですか。」「あ、立派に一人称を使ってしゃべってるね。いや、三人称の赤ちゃん熊が懐《なつ》かしいなあ。ホッキョクグマも文明ずれしてしまうと退屈だ。いやいや、これは冗談、冗談。別に北極に行かなくてもいい。でも北極は消えかけているんだよ。気にならないのかい。わたしだって自分が生まれたわけではないが、祖先の住んでいた地方の将来を心配して、マレー半島における多文化共存の歴史と可能性について研究しているのだから、君だって北極について少しは考えてもいいんじゃないか。散歩と水泳とボール遊びばかりしてないでさ。」「わたしの祖先は北極ではなくて東ドイツの出身です。」「へえ、千年前に生きていた祖先も東ドイツに住んでいたのかい。君には全く呆《あき》れるよ。」

ここには、散歩途中の会話とは思えないほど、実に多くのことが語られている。マレーグマの視点によるマレー半島の歴史叙述、一人称／三人称という代名詞の用法、地球温暖化を中心とした環境問題、国境とその由来、さらには右のようなことごとに興味関心をもつ動物の存在、それを言語を通じて語りあう動物——こうしたトピックスは、この『雪の練習生』の絵解きにも読める。いわば、当の小説を外部から見渡したかのような視線－細部が、小説の小説《メタ・フィクション》よろしく書きこまれているのだ。

この後クヌートは、怪我をさせてしまったことを契機にマティアスとの別れを余儀なくされる。そんなある日、クヌートは招待を受けて出席したパーティーでミヒャエルに出会うが、そのミヒャエルは、コンピューターのディスプレイに突如あらわれて話しかけてくる。クヌートと母親のトスカを会わせる計画があると知らせてくれたミヒャエルは、毎晩遊びに来るようになるが、クヌートは古新聞でミヒャエルが死んでいたことを知る。つまりは、母のトスカよろしく、クヌートもまた特殊なコミュニケーションを成し得る存在であったのだ。そのことを知った後も、ミヒャエルはあらわれ、母親に会う際のアドバイスを親身にしてくれるが、クヌートがミヒャエルの死を新聞で読んだと告げてからは遊びにも来なくなってしまう。話し相手をなくしたクヌートは、無為な日々を過ごしていく。

その後、「わたしは雪に乗って、地球の脳天に向かって全速力で飛んでいった」という一文を以て、最後の語り手・クヌートが北極に向かい、ここから去ることで、「北極を想う日」は終わり、『雪の練習生』も閉じられる。

「白」と〝書くこと〟

『雪の練習生』では、「わたし」という器をリレーするように、一貫して〝書くこと〟をめぐる主題系が、他ならぬ小説という場において徹底的に疑われ、自明性のベールを剝ぎとられていった。従って、単なる形式的な問題ではなく、小説それ自体において、小説について、言葉について、根源的な思考を実践‐展開してきた多和田葉子『雪の練習生』とは、〃この小説において、小説それ自体について考える〃という意味で、正しく小説の小説《メタ・フィクション》である。

その上で、改めてテクストに散見される「白」について考えておきたい。というのも、『雪の練習生』は、「白」が乱舞する次の一節によって閉じられているからだ。

> わたしが待ち望んでいるのは、実は冬の深まる日、冬にどっぷりと浸れる日、冬を確信できる日だった。冬は、灼熱《しやくねつ》の夏を乗り越えた者へのご褒美《ほうび》だ。ひんやりうっとりと北極を夢見て、ゴシップを広める活字にまだ汚れていない真っ白な紙、ミルクのように甘く、栄養豊かな白と向かい合える日だ。

「冬」、「北極」の連想から「白」が雪を指示するのはみやすいとして、他にも「真っ白な紙」、「ミルク」でもあるようなのだ。また、小説全体を振り返ってみれば、ホッキョクグマの「毛皮のつややかな白」や「北極圏で生き残った祖先が勝ち取った白」、「砂糖の白」でもあり、三代のホッキョクグマや関わった人々にまつわる色として「白」はテクスト全編の、文字通り基調をなす色といってよい。中でも注目したいのは、〃書くこと〃をめぐる主題系の一端を担う

「白」であり、それは〝書くこと〟のための紙である。
第二部、ウルズラの心中語をみてみよう。

人間は紙を必要とするものである。ホッキョクグマのように地平線まで続く巨大な白紙と向かい合って生きるのは無理だとしても、せめて一日に便箋《びんせん》一枚くらいは配給して欲しいものだ。

もちろんここでも、「(白)紙」と雪はその色の同一性から重ねられており、つまりホッキョクグマたちは広大な「雪＝紙」にそれぞれの文章を綴ってきたというわけだ(「わたしは白い雪ではなく、白い紙に向かってすわっていた」)。そればかりか、先にふれたように毛皮もまた「白」く、それは「紙」と同様、〝書くこと〟の向かう先であるようだ。オットセイに対する悔しさを、〝書くこと〟へと向ける第一部の「わたし」の執筆の様子をみてみよう。

くやしいので家に帰ってすぐに机に向かった。くやしさほど燃えやすい燃料はない。〔……〕あまり踏ん張って書いたので、モンブランの万年筆の先が曲がってしまい、紺青色のインクが血のようにだらだら流れ出てきた。わたしの白いお腹がインクで染まった。

暑いので裸で原稿を書いていたのがいけなかった。

そうであれば、雪の北極で育った白い毛皮をもつ『雪の練習生』の言表の主体＝書き手たちは、その初期設定から〝書くこと〟を期待されていたともいえ、事実、眼前に広がる「紙」にそれぞれの〝書くこと〟を展開することで、この小説は成立している。

それは、もともと「白」かった「紙」-テクストを（文字で）黒く染めていくことでもあり、その返照としてホッキョクグマたちを書く者へと成型していく。そして、結末に至って、これまで「白」が黒くされつづけてきた（言葉が書かれつづけてきた）この小説の運動／文字量は臨界を迎える。三代記が書き終えられたことで、また新たな白紙（雪）が必要とされ、準備されるのだ。

つまり、「白」の乱舞する場面を最後に書物が閉じられると、ホッキョクグマの三代記は、今度は現実世界の読者の〝書くこと〟へとバトンよろしく渡されていくのだ――結末部で示された「白」、この白紙に黒いインクを書きつけていくのは、読者による〝読むこと〟という営為に他ならない。

第六章

話法としての二人称

藤野可織「爪と目」

「爪と目」の二人称

第一四九回芥川賞を受賞した藤野可織「爪と目」（『新潮』二〇一三・四）は、二人称を用いた話法（語り）が注目され、「芥川賞選評」においても評価のポイントとなった。もっとも、「爪と目」は話法だけでなく、ホラー、あるいはねじれた母娘関係の描出としても高い評価を得た小説である。「爪と目」というタイトルに即した、「わたし」と「あなた」という女性二人の関係については、すでに内藤千珠子「ファム・ファタールの無関心――「水の女」の系譜と藤野可織「爪と目」」（『大妻国文』二〇一四・三）に、ていねいな主題論的読解が展開されている。本章では、同論も含めた批評を参照しつつ、その方法論（話法‐語り）に注目したい。

それに先立ち、「爪と目」の概要を、いくつかの角度から確認しておこう。ストーリーとして捉えれば、事故死を遂げた母の娘「わたし」が、自分に無関心な（父と）後妻「あなた」にスポイルされつづけ、その帰結として、「あなた」の瞳に乾いた「マニキュアの薄片」を押しあてるまでの物語である。

話法の妙としては（広義の）二人称が用いられ、語り手である「わたし」が、三歳児だった当時の視座と、「あなた」と呼ぶ後妻と（父と）自分自身とを「だいたい、おなじ」と自覚するに至った（成人した）現在の視座とを折り重ねて構成した点が話題を集めもした。従って、「爪と目」への論及に際しては、この話法の問題は逸することができない。岡和田晃「「私」と〈怪物〉との距離――藤野可織の〈リアリズム〉」（『早稲田文学』二〇一四・一）において、「爪と目」は次のように概評される。

> そもそも「爪と目」は、三歳の女児である「わたし」と、その母親役となった「あなた」の微妙な関係を主軸にした小説であり、「わたし」が観察する「あなた」の何気ないふるまいが、最終的な破滅《カタストロフィー》を引き起す伏線として設定されている。

あるいは、話法と時間（軸）との関係に注目した内藤千珠子「ファム・ファタールの無関心」（前掲）では、「爪と目」は次のようにまとめられもする。

この小説は「あなた」の体験したことがその当時三歳だった「わたし」によって再話的に語られるという構造を持ち、テクスト上には複数の視点、複数の時間が存在している。「あなた」は、三人称にも一人称にも読み換え可能な主語として叙述されていき、したがって、「わたし」の存在は「あなた」の間近からも、内側からも、そして外部からも「あなた」をとらえ、「わたし」と「あなた」の距離は肉薄する。

さらには、(芥川賞受賞以前の)「爪と目」初出時にも、島田雅彦・大澤信亮・谷崎由依「第四四六回　創作合評」(『群像』二〇一三・五)でとりあげられ、次のように論評されている。

大澤　僕は必然性はあると思いました。「あなた」ではなく麻衣にして「わたし」の一人称単視点で、あるいは三人称多視点で母娘の確執を語っていった場合、オーソドックスな母娘ものとして物語は閉鎖してしまいます。ところがここに二人称という語りの技法を入れることで、小説が立体化され、「あなた」と問いかけられた読者をも巻き込みながら突き放していくことが出来ている。これは作者の工夫ではないでしょうか。

谷崎　私もこの「あなた」という呼称は、語りの迫力を生んでいると思います。この小説の「わたし」は、「わたし」が知り得ない「あなた」のことを、まるで見ていたかのように語っているのだから、いわば千里眼の持ち主ですよね。これは最終的に、「わたし」と「あなた」が「だいたい、おなじ」だからという、一種のファンタジーで説明できると思うんです。

このように、「あなた」という作中人物／読者にも関わり得る工夫が高く評価されてもいたのだ。

戦略としての話法

こうして語られる「爪と目」について興味深いのは、書き手の藤野可織が、右のように評される局面にきわめて意識的・戦略的に取り組んでいたということで、そうした工夫については、複数の場所で自ら語っている。たとえば、藤野可織「正確に書くこと」（『波』二〇一三・九）では、話法（の設定）が小説の成立に直結したことが語られている。

最初は三人称で書いていたのですが、最後まで書き進めることができませんでした。なにか違う、という思いがずっと消えなかったからです。章ごとに視点が入れ替わっていくやり方で書いたり、一人称で書いたり、文章の手触りをいろいろと変えてみたりと、冒頭から何度も書き直していたのですが、途中でかならず前に進むことができなくなりました。

〔……〕

それが、いまのかたち、「わたし」が「あなた」について語っていくという書き方で直し始めたところ、最後のシーンまで進むことができました。言葉にするのは難しいのですが、「時間の幅」のようなものを小説のなかに作り出せたというのが、書き上げることのできた理由のひとつなのかもしれません。過去、現在、未来と、幅のある時間軸を自由にいったりきたりするのに、いまの書き方がしっくりきて、「わたし」と「あなた」の関係性が描きやすくなりました。

ここに、「受賞のことば」(『文藝春秋』二〇一三・九)における、藤野可織の次の発言も考えあわせてみよう。

小説は情報だということをいつも意識している。情報にもいろいろ種類があるだろうが、ひとまずは情報という語の、少しだけ遠くて無機質な印象を、私は大切に思っている。そして小説を書くとき、私は情報を記録するためだけに存在している、とも思うようにしている。私の仕事は、記録すべき対象について、いいとか悪いとか、好きだとか嫌いだとか評価を下すことではない。ものごとや人物のいっさいを、肯定も否定もせず、できるだけ正確に記述すること。ただそれだけだ。

つまり、書きたいモチーフ／テーマを小説にするに際して、それを〝情報として正確に書く〟ために、人称をはじめとした話法に工夫をこらすというのが藤野可織の戦略であり、その実践的な成果こそが「爪と目」なのだ。

冒頭部のねじれ

本章では、「芥川賞選評」（『文藝春秋』二〇一三・九）でも論及があいつぎ、大勢において評価ポイントとなった「爪と目」の話法に注目していく。

あらかじめ論点を整理するために、佐々木敦『あなたは今、この文章を読んでいる。――パラフィクションの誕生』（慶應義塾大学出版会、二〇一四）を参照しておきたい。メタフィクション／パラフィクションを主題としてフィクション論を展開していく中で「爪と目」に論及する佐々木は、同作を《何とも謎めいた、実に不気味な小説》だと評している。

そのポイントは、第一に、ふつうに考えると「わたし」が知らないはずの事柄が実に詳細に語られていく点、第二に、「わたし」が語る動機が不分明だという点にある。これらを問いへと換言すれば、なぜ「わたし」は「あなた」についてこんなにも多くのことを知っているのか、そして、《「爪と目」の「わたし」は、どうして「あなた」に語りかけているのだろうか》となる。いずれも、「あなた」を導入したがゆえにクローズアップされた、テクストの《不気味》な局面といえる。

こうしたテクストの様態に、《「あなた」と「わたし」の反転もしくは同一化という観点を考慮すると、更に事態は複雑怪奇となる》という佐々木は、《「あなた」とは誰であり、「わたし」とは誰なのか。何ごとかを物語るとは、果たしてどういうことなのか？》、という原理的な問いを「爪と目」からとりだしている。

ここでは、右にあげられた第一の点に留意しながら、「爪と目」の話法の特徴を、具体的な本文の分析に即して明らかにしていきたい。

藤野可織「爪と目」は、次のようにはじまる。

はじめてあなたと関係を持った日、帰り際《ぎわ》になって父は「きみとは結婚できない」と言った。あなたは驚いて「はあ」と返した。父は心底すまなそうに、自分には妻子がいることを明かした。あなたはまた「はあ」と言った。そんなことはあなたにはどうでもいいことだった。ちょうど、睫毛《まつげ》から落ちたマスカラの粉が目に入り込み、コンタクトレンズに接触したところだった。あなたはぐっとまぶたに力を入れて目を見開いてから、うつむいて何度もまばたきをした。それでも痛みが取れないので、しかたなく右目のコンタクトレンズを外した。あなたは中学生のころからハードレンズを愛用していた。慣れた動作で照明にレンズを透かし、舌の先で一舐《ひとな》めして装着し直すあいだ、父は謝り続けていた。子どもがいるんだ、まだ小さい子どもなんだ、と父は繰り返した。
「うん、わかった」とあなたは答えた。父はもう黙りたがっていた。だから、黙らせてあげるために言ったのだった。ほんとうは、子どもがいようがいまいが私には関係ないのに、と言いたかった。

藤野可織との対談「この世界を正確に書きうつしたい」（『文学界』二〇一三・九）で、右の冒頭部、特に冒頭の一文について堀江敏幸は、《非常に印象的》だとした上で、その内実を次のように語っている。

いまの「普通」という指標を借りて言えば、普通、「はじめてあなたと関係を持った日」とくれば、「わたしは」と続けたくなる。そこへ「父は」と来るので、読み手の思考の規範がいきなり崩れる。しばらく先まで読み進めると、「わたしは三歳の女の子だった」と書かれていて、「だった」とある以上、今はもうその年齢ではないはずなのに、読者は不透明な冒頭の余韻に引きずられて、まるで異様に知能の発達した三歳の子が、間近で見たことを報告しているような錯覚に陥る。語りの捩れから、ひとつの世界に引きずりこまれる。この仕掛けがとてもうまく効いているんです。

こうした指摘をふまえつつ、改めて「爪と目」冒頭部を検討してみよう。仮に、「わたし」が、当時の年齢通りの三歳児で、現場に居合わせたと想定した場合、その語りには知り得ないはずの情報があまりに多く含まれていることに気づくだろう。「あなた」の心理、「あなた」の目の痛み、「あなた」のコンタクトレンズ使用歴、そして父の心理、そのいずれもが右の仮定においては知り得ないばかりでなく、それを、冒頭部のようなかたちで言語化する能力もまた、もちあわせてなどいないはずである。

語り手「わたし」という発明

そもそも、単行本のページを繰りはじめてからしばらくは、「あなた」－「わたし」－父という人物の存在は確認できるものの、一連の文字列の言表主体をいいあてることは難しい。前提も説明もなく、「爪と目」一流の話法は、冒頭から静かに、着実に展開されていく。

その時、「レンズのむこう――藤野可織の小説について」（『文学界』二〇一三・九）の円城塔が指摘するように、《言葉の処理が追いつくまでは、誰だか不明な人物が幻のように紙面に浮かび、確定されて消えていく》のであり、《さらには「母」と「あなた」は同じ人物ではないという事情も加わり、ここに小説史上初とも言える語り手が登場してくる》ことになる。

「性格の穏やかな、無口でおとなしい子だから」とわたしの父が言ったとき、紅茶のカップに添えたあなたの指先に、ハムスターのやわらかいけれど芯《しん》のある脚の感触がよみがえった。父は、「好き嫌いなくなんでも食べるし、アレルギーもない」とも言い、そのわずかなあいだにもうハムスターの記憶はあとかたもなくなっていた。父はもちろん、彼の一人娘のはなしを、わたしのはなしをしているのだった。

冒頭の場面から一年半がたち、「あなた」が過去に飼っていたハムスターの「感触」（の記憶）までをなぜか知る「わたし」による右の一節に至って、ようやく、〝語り手＝「わたし」－その父－父の恋人（後に妻）＝「あなた」〟という三者関係の輪郭があらわとなっていく。冒頭以降の展開としては、息詰まる「わたし」からみた「あなた」との関係が、知り得ないようなことごとも含めた回想を交えつつ、基本的には時系列に即して語られていく。「わたし」が関わった可能性のある実母の事故死（不審死）、それに伴う「わたし」のトラウマ、おそらくはそのことに起因する「わたし」の爪を噛む習慣。父が「あなた」と再婚した後には、「わたし」を「スナック菓子で手懐け」る「あなた」との生活、父の浮気と「あなた」の浮気、父の前妻（「わたし」の実母）のブログを見つけてそこで展開されていた欲望に没入していく「あなた」と、それに伴ってスポイルされていく「わたし」。結末の破局《カタストロフィ》に向けて、幼稚園で「噛んでぎざぎざになった爪で、みんなを引っ掻《か》い」て暴れる「わたし」、そのことをうけて「わたし」の爪にマニキュアをぬる「あなた」。そして、「あなた」が「わたし」にまぶたをこじあけられ、「次いで、磨《す》りガラスのように不透明で、いびつな円形のもの」――「マニキュアの薄片」が両目の「眼球に押し当てられ」た後に、「あなた」が「わたし」と「だいたい、おなじ」なのだと断じられて、「爪と目」は幕を閉じる。

この結末部において、「わたし」と「あなた」とが等号で結ばれることから、語り手「わたし」が三歳当時の視座を仮構しつつも、語る現在においては（具体的な年齢は未詳ながら）成人していることがわかる。そのことで、「あなた」の過去に関する情報などを除けば、ボキャブラリーも含めて、この「爪と目」を語り得てきた事情にも、一応の説明がつく。

こうした理解に即して、芥川賞選評においても、堀江敏幸「砂が舞う」に《「あなた」の半生を描くと同時に自伝をも書いている》と、島田雅彦「忘却との戦い」でも《父の愛人を介して描いた自画像でもあった》と指摘されており、こうした時間の振幅や「わたし」－「あなた」の緊張感によってもたらされる関係性の厚みもまた、話法の効果だといえる。

「あなた」を語る「わたし」

とはいえ、こうした語り手「わたし」が、三歳から成人という重層化された言表主体として、語りのパフォーマンスを展開していることについては、小説中にその痕跡が数カ所（おそらくはあえて）残されている。

連絡が途絶えたことに絶えきれなくなった浮気相手の古本屋がマンションを訪れた際、「あなた」は話をするために、「五分だけ」といいながら「わたし」をベランダに追いだして鍵をかける。実母の死の後、「わたし」はベランダを目にするのも厭い、厚いカーテンをかけて、離れて暮らしていたというのに、である（この際のストレスが、幼稚園で暴れた原因とみてよいだろう）。古本屋を帰した後、パニック状態に陥っていた「わたし」だけれど、「あなた」はその思いを受けとめたのだという――「わたしにもわからなかったわたしの言葉を、あなたはとつぜん理解した」。その上で、「あなた」は「わたし」に、次のように語りかける。

「えっと」とあなたは言った。あなたはすっかり自分のことばにしていた。「えっとね、いいこと教えてあげる。見ないようにすればいいの、やってごらん、ちょっと目をつぶればいいの、きっとできるから、ほら、やってごらん」

このように、義理の娘への無関心をはじめ、現実的なことごとへの直面を回避しつづける「あなた」は、自宅から発掘された本を引用して「わたし」を諭していく。〝見ること－目－視覚〟といった主題系がはりめぐらされた「爪と目」において、「わたし」が見ることを遮ろうとする「あなた」だけれど、しかし情報量においては、「わたし」の方が圧倒的に有利である（事後的に有利になった）ことは、「それきりあなたは二度と手を出さなかったから知らないが、その本は架空の独裁国家を舞台にした幻想小説だ」という一節にも明らかである。

それればかりではなく、「わたし」は覚えていたその本のことを、時間軸を後ろにずらすことまでを言明しながら、次のように語っていくだろう。

わたしはあなたの言ったことを忘れなかった。わたしはだいぶあとになって、母の本をみつけ、古いページをめくって独裁者の忠告に耳を傾けた。わたしは本をしまいまで読んだ。〔……〕独裁者は、見ないことにかけては超一流の腕前を誇っていた。彼は、自分に起きたひどいことも、まったく見ないようにすることができた。〔……〕わたしやあなた

では、こうはいかない。わたしもあなたも、結局はか弱い半端者《はんぱもの》だ。（傍点原文、以下同）

〝見ること－目－視覚〟といった主題系をめぐって、本の中の独裁者と自分自身、「あなた」を比べる、「だいぶあと」という時間に位置する「わたし」。この時すでに、権力関係は年齢に応じたそれから情報量によるそれへと変質を遂げている。しかも、その直後には次のような語りがある。

それからさらにあと、わたしの二の腕がすんなりと伸び、したたり落ちそうな肉のやわらかさが失われてかわりに弾力のある芯《しん》の感触があらわれ、あなたの指の関節に皺と赤みが目立ち、手の甲に骨のかたちが浮き出るころ、そしてあなたがわたしの顔を見るのに、もう見下ろさなくてもよくなったころ、わたしはわたしの二の腕をつかんでわたしを見上げるあなたに、このとっておきの言葉を聞かせてあげた。

ここに至ると、老いた「あなた」と背丈の伸びた「わたし」の間には、不可視の情報量ばかりでなく、可視化された年齢や身体においても、「わたし」がアドバンテージを有していることが明示されていく。しかも、こうした語り手「わたし」の自己提示は、傍点を伴った右の二箇所の引用の他には慎ましやかに控えられる。右のパラグラフも、すぐさま「けれど、まだそのときではなかった。幼児のわたしはあなたに二の腕をつかまれ、歯を食いしばって鼻で荒い呼吸をしていた。」と、三歳児の「わたし」が成人女性の「あなた」の権力に屈する場面を語りだす。

「あなた」と重なる「わたし」

こうした伏線によって、語り手「わたし」の《不気味》さが蓄積されていく語りが結末に至る頃、出来事レベルにおいても、三歳児の「わたし」が「あなた」に暴力をふるう破局《カタストロフィ》が訪れる。この時、「灰色に濁った目を見開いて涙と鼻水を流し続けるあなたを、わたしは前のめりになって見下ろした」と自ら語るように、先の「さらにあと」と同様に、その身体配置―構図においても権力関係を反転させた上で、「これでよく見えるようになった？」と挑発する「わたし」は、次のように語っていく。

あなたは答えなかった。あなたには意味をなすものはなにも見えなかった。光だけがあった。あなたの目の前は、明るかった。驚くべき平明さだった。あなたの体から、あなたの過去と未来が同じ平明さをもって水平にぐんぐん伸びていくような気がした。あなたは未来のことはもちろん、過去の具体的なできごとをなにひとつ思い出してはいなかった。ただ、あなたが過ごしてきた時間とこれからあなたが過ごすであろう時間が、一枚のガラス板となってあなたの体を腰からまっぷたつに切断しようとしていた。

ここで「わたし」は、「あなた」の内面はおろか、視覚（情報）や時間感覚までを領有しながら、「あなた」－「わたし」双方の感覚を混交させたような抽象度の高い〝時間＝ガラス板〟という直喩によって、何かしら重大な「あなた」の転機（の到来）を語っていくだろう。しかも、右の引用には、「爪と目」結末部にあたる、次の一節がつづいていく。

今、その同じガラス板が、わたしのすぐ近くにやってきているのが見えている。わたしは目がいいから、もっとずっと遠くにあるときからその輝きが見えていた。わたしとあなたがちがうのは、そこだけだ。あとはだいたい、おなじ。

この鮮やかといってよい結末については、芥川賞選評「二作を推す」で小川洋子が、次のように物語の可能性として高く評価していた。

二人がラスト、〝あとはだいたい、おなじ〟の一行で一つに重なり合う瞬間、瑣末な日常に走る亀裂に触れたような、快感を覚えた。広い世界へ拡散するのでもなく、情緒を掘り下げてゆくのでもない方向にさえ、物語が存在するのを証明してみせた小説である。

さらに、「あとはだいたい、おなじ」にきわまる結末部は、「爪と目」における話法にとって、たいへん重要な一文でもある。まず、「今」という語りの現在（それは同時に「爪と目」における最新の時点でもある）が示され、そのことによって「わたし」が「あなた」と比肩し得る成人と化していることが判明する。この「今」を起点にすれば、結末部だけが「爪と目」における現在であり、この「ガラス板」が自分に襲いかかる「今」を、より正確に描出するために、文庫本にして一〇〇ページ余りが費やされてきたことになる。この間、「あなた」の言動や内面として「わたし」が、おそらくは批判的に眺めるようにして語ってきたことごとは、「今」の「わたし」からすれば（ものごとを見通す力‐視力の差を除いて）「だいたい、おなじ」、つまりは《自伝‐自画像》だということにもなり、その帰結として、小説は過去遡及的にその意味を塗りかえられていくことにもなる。

だとすれば、「爪と目」の話法とは、「だいたい、おなじ」一つのキャラクターを語るために、それを「わたし」と「あなた」へと分割し、それぞれに語り手／聞き手という役割を仮構し、そこに複雑な時差をもぐりこませることで成立したものに他ならない。その帰結として、「爪と目」においては、表面的には平板な義理の母娘関係が書かれながら、その実、かつて嫌っていた女そのものへと長じていく「わたし」の軌跡が浮かびあがっていく。

「わたし」が語る動機

ここで改めて、佐々木敦が提出していたもう一つの問い――なぜ「わたし」は「あなた」に語っているのか――に立ち返ってみよう。おそらくそれは、前項で分析した話法とも関わる。語り手「わたし」は、どのような戦略をもって、濃密な二人称的関係を余儀なくされもする、すぐれて具体的な聞き手として、他ならぬ「あなた」を設定したのだろうか。

とはいえ、この問いについて試案は提出ずみである。「あなた」を語ることによって「わたし」を語る――別言するならば、「わたし」が描出したい自己像をよりよく提示するために、「あなた」を〝消え去る媒介者〟として利用（活用）した、ということにつきる。

振り返ってみれば、出会った当初の義母－義理の娘という関係の段階から、「わたし」は折々、「あなた」と「おなじ」であることには敏感だったはずだ。たとえば、結婚の前段階として、「あなた」が父と「わたし」と暮らしはじめたころのことを、「わたし」は次のように語っている。

あなたは父と暮らすことよりも、わたしと暮らすことのほうを楽しみにした。〔……〕数度顔合わせに連れてこられたわたしは、父の言ったとおりおとなしく、問いかけに小さくはっきりした声で答える以外は、ただ黙って座り続けていた。あなたは、わたしのほっそりした首と手首を眺めた。わたしのことを、動物みたいだとあなたは思った。そう、わたしは動物だ、あなたと同じ種類の。

中略部も含め、ふつうの三歳児では知り得ないはずの「あなた」の家族・生活環境や内面までをこともなげに語っていく「わたし」は、(過去の)自分自身のことも他人事のように語っては、「あなた」の認識によりそうかたちで、「わたし」と「あなた」を等号によって結びつけていく。「同じ種類」の「動物」ということが、具体的にどのような内実を孕むのか明かされることはないけれど、少なくとも〝同じような状況で同じように感じ、同じように振る舞う〟といったことではあるだろう。そして、ここまでの議論をふまえれば、「あなた」と「おなじ」だという断定には、三歳から成人に至るまでの重層化された「わたし」による、その時々の経験とそれに基づく判断が反映されているとみてよい。あるいは、父と「あなた」、父と「わたし」という組みあわせを介することによっても、「あなた」と「わたし」の等価性は打ちだされていく。

やはり、父との同居前後を語った、次の一節をみてみよう。

あなたは父の妻に無関心だった。その時点では手に入れることになるとは夢にも思わなかったので、父の子どもにも無関心だった。女の子だったか男の子だったかさえときどき忘れた。それどころか、あなたは父にも無関心といってよかった。〔……〕

父も同じだ。あなたと父は、よく似ていた。

ここに、日常の一コマとして父を語った、次の一節を重ねてみよう。

父の目は、パネルの背後に電気が灯らなくても、かなり下のほうまでランドルト環を視認することができた。わたしにもできる。わたしはとても目がいい。父からの遺伝だろう。

具体的な対象は異にするものの、「あなたと父」が「よく似てい」て、さらに、父と「わたし」が「遺伝」で繋がった能力によって、等号で結ばれている。この両者を総合すれば、〝「あなた」＝父＝「わたし」〟となり、形式上は「あなた」と「わたし」とは等価だということになる。

してみれば、「あなた」ばかりでなく父もまた、「わたし」が「わたし」を語るために必要不可欠な鏡＝他者なのである。その時、「爪と目」とは、〝「わたし」から見た「あなた」（と父）後妻の勝手な（無関心な）振る舞いを冷ややかに告発する物語〟ではなく、〝「わたし」が距離感のある「あなた」（と父）を鏡にして自分を見つめる物語〟へとその相貌を変じていく。しかも、「わたし」にとっては、批判対象たる「あなた」へと近似していくプロセス＝語りこそが、この小説を成立させていたのだ。

模倣される欲望

こうした構図を読みとった上で、改めて模倣される欲望という観点から「爪と目」を振り返ってみるならば、「あなた」が囚われた「わたし」の母は、欲望の起源として見逃せない。というのも、「わたし」によって語られる「爪と目」において、「わたし」が（恋人＝父にも義理の娘＝「わたし」にも向けることのなかった）強い欲望を喚起されるのが、唯一、「透きとおる日々」と題された、「わたし」（本名は陽奈《ひな》）の母＝hina*mama（ブログ上の名義）が遺していったブログなのだから。家具、食器、植物などの写真を中心としたそのブログに、「わたし」は「生活を整え、統治し、律してい」るさまと、「そのおこないに伴う快楽」を見出す。

彼女たち〔同種のブログの書き手たち〕が溺《おぼ》れているその快楽の大きさは、あなたの目にも見えるくらいに巨大だ。あなたは彼女たちに夢中になった。あなたは彼女たちに共感と理解を捧《ささ》げた。彼女たちが生きていようと死んでいようと、あなたの知ったことではなかった。彼女たちの欲望は明朗だった。死んでいるhina*mamaの欲望はいっそう明朗だった。

ほどなくして「あなた」は、「hina*mamaの欲望」を模倣する欲望にとりつかれ、ついには次のようにして自らの主体を乗っとられてもいく。

あなたは、目の前の子どもよりも、父よりも、あなたの両親や弟よりも、友人たちや恋人たちよりも、そしてあなた自身よりも、彼女たちに共感し、理解したと感じた。

それと同時に、あなたは、あなたがなにに関心を持ち、なにをよろこびとして生きてきたのかさっぱり思い出せなくなっていた。

小説全体を見渡して重要なのは、このような「あなた」と「わたし」とが、「だいたい、おなじ」だということで、そうであれば、実は「わたし」は、「あなた」という他者を介して、

（殺したかもしれない）hina*mama／母を欲望していたことになる。別言すれば、「わたし」は、直接はアクセス不可能な母に、「あなた」を〝消え去る媒介者〟にして、欲望の回路を接続していたのだ。

このように考えれば、一人称－三人称ではなく、一人称「わたし」－二人称「あなた」という話法が採用されたことの企図（「わたし」が語る動機）は明らかで、「あなた」という聞き手にこそ、「わたし」は語りかける必要があったのだ。なぜなら、そうすることで、なりたくないものにこそ近似していくという、遠さ／近さの逆転劇を叙述レベルでは隠しつつ、両者の距離（の変化）を人称の影にひそませて、リレーよろしく受けつがれていく、模倣される欲望の連鎖を語ることができるからだ。

すると、「爪と目」における次の一節は重要度を増すだろう。

この子は一生こうやっていい子でいるのかな、とあなたは考えた。そして、未来のことを考えた。あなたは若かった。いつでもこのマンションを出て、実家に帰り、これまでとは違う派遣会社に登録するか正社員登用をしてくれる会社を片っ端から訪ね歩くことができる。どういったかたちであれ、あなたは雇用されるだろう。男と出会い、あるいは再会し、恋愛をして結婚することもできる。あなたには、可能性があった。そしてわたしには、あなたとは比べものにならないほど多くの可能性があった。でも、わたしがスナック菓子を食べる姿は、わたしが持っているあらゆる未来をあらかじめ食い荒らしているように見えた。

三人の同居後、父が浮気をはじめた時期の「あなた」と「わたし」を語った右の一節には、それぞれの立場から仮構された過去－現在－未来が複雑に凝縮されている。語り手「わたし」は、成人した現在から、当時の視座を仮構し、「あなた」が思い描く「わたし」の未来を語る。その未来に重ねるようにして、当時の「あなた」がもちえていた可能性としての未来を、「わたし」は語ってもいく。さらに、それに比して「比べものにならないほど多くの可能性」をもっていたかつての「わたし」を、過去形によって語りもする「わたし」。きわめつけは、語っている現在からすれば、すでに既成事実（現在－過去）になりつつある「わたし」の未来について、「スナック菓子を食べる姿」を、自らの可能性を摘みとる行為と見立てる件りである。すでにこの段階で、「わたし」は「あなた」との潜在的な「可能性」を比肩しながら、狭められていく自身の未来を予見的に語っていたのだ。しかも、その先にあるのは、「あなた」との同一化である。してみれば、右の一節とは、彼我の可能性を一望しながら、「あなた」のそれへと自身を重ねていく一つの契機ともとれるし、そのために「あなた」の中にある「わたし」

をよりわけていたのかもしれない――《他者のような自己自身》（P・リクール）を探りあてるために。

「わたし」は、幾重にも遠いhina*mama／母を欲望していた。hina*mamaの欲望を模倣した「あなた」を鏡‐否定的媒介にすることで、「わたし」はhina*mama／母への欲望を自分のものとしたかった。だから、「あなた」の欲望を模倣することで、「わたし」は「あなた」になりたかった。そのために、「わたし」は、他ならぬ「あなた」に向けて、「だいたい、おなじ」というゴールを目指して語ってきたのだ。これを、『名前のアルケオロジー』（紀伊國屋書店、一九九五）の出口顕にならっていうならば、《「わたし」＝私が定立されるのは、決して「わたし」＝私に還元できず、どうしても理解不可能なところが残り、その間の隔たりが決して解消できないがゆえに対話の必要な「あなた」＝「他者」が存在するとき》だということになるだろう。

これこそ、「爪と目」において「わたし」が「あなた」に語る動機であり、そのための手段として、二人称「あなた」を用いた話法（語り）が、必要不可欠なものとして要請‐実践されたのである。

第七章

記憶―声を語ること

川上弘美『水声』

声－音－水声

声が、聞こえる。

水が、流れている。

小説を読むことを通じて、声－音－水声が、聞こえる。

それは、小説の登場人物が聞いたかもしれない声、希求したところの水声ではある。しかし、正確にいうならば、登場人物に聞こえたかもしれないものとして書かれた、いわば、小説内における文字／出来事としての声、そして水の流れる音。そうした声－音－水声に、この小説の登場人物たちは囚われ、救われ、そして生きていく。――川上弘美『水声』（文藝春秋社、二〇一七）とは、さしあたりそのような小説にみえる。

そもそも、意味にも音にも還元されることのない、それでいて、登場人物たちの人生をあるいは狂わせ、あるいは支え、そしてかけがえのないものにしていく声－音－水声とは、一体どのようなものだというのか。もっといえば、そのような声－音－水声とは、小説にいかに書き得るというのか。ここで、『水声』にさりげなく置かれた次の一節を読んでみよう。

湯が沸騰し、急須に注げば、その熱さには覚えがあって、その時熱いという言葉など必要はない。舌を焼きながら、喉から食道をとおって胃へ落ちてゆくもの。きもちのいいもの。香りのいいもの。それだけで、じゅうぶんだ。

言葉への不審を隠すことのない語り手＝都は、しかし、迂回をいとわずに核心を目指す粘り強い執着と、時間軸と話柄の軽やかで自在な移動－転換とを擁した語りを、他ならぬ言葉によって展開していく。そのことに関わって、『聲』（筑摩書房、一九八八）の川田順造は、《声》の特質を次のようなところにみている。

声のパフォーマンスの力は、何よりもまず、文字にしたのでは消えてしまう言語の超分節的（韻律的）側面を、声が自在に操って表現できるところにある。いいかえれば声は、意味する者と意味されるものとのあいだに心情的により直接の、つまりより有契的な関係をつくりうるということだ。

川上弘美の作風‐文体(拙著『川上弘美を読む』水声社、二〇一三、参照)とも共振をみせるこうした指摘を念頭におきつつ、本章では、都が声‐音‐水声を聞いたかのような場所へとたどりつくための道筋を、『水声』を読むことを通じて考えてみたい。

現代の神話

川上弘美『水声』はしばしば、現代の神話と評されてきた。姉弟による近親相姦というモチーフがそうした印象をもたらすことは、想像に難くない。しかもそれは、読者をして《鴫の音に導かれ、気がつけば浅い夢を見ているような、神話的な愛の世界の中にいた》(待田晋哉「文芸月評　神話的な愛の輝き」、『読売新聞』二〇一四・三・二五)といった読書体験に導く。『水声』を《甘美にして苦しい読書体験だ》という「今週の本棚　『水声』川上弘美」(『毎日新聞』二〇一四・一〇・五)の鴻巣友季子にしても、《苦しさの間に、心が平らかにぬくむひと時がある》と、やはり同様の印象をもらしている。

ただし、近親相姦という文字が喚起する禍々しさは『水声』にはほとんどなく、後に語り手＝都が「いつもそれはあったのだ。たぶん、わたしと陵が生まれたその時から」と振り返るほどの自然な営為として都と陵にもたらされ、当事者たちに長らく、静かな波紋を及ぼしていく。《タイトルどおり、さらさら流れる水の音のような、静かでひそやかな物語》だと『水声』を要約する松永美穂は、「善悪の彼岸を流れる水　「水声」川上弘美」（『群像』二〇一四・一二）において、小説の概要を簡潔にまとめてもいるので、次に引いておく。

どこにでもありそうな四人家族の衝撃的な秘密と、彼らの家で起こったさまざまな（ほぼ五十年にわたる）できごとが、長女の視点から語られる。魅力的なママ、つかみどころがない感じのパパ、優秀で勘の鋭い弟。あとは家族と関わりを持つ数人の人々が登場するだけだ。

家族の関係が濃密で、下手をすればとても内向きの、閉じた感じのする小説になってしまったかもしれない。でもそこに、語り手が生きてきた昭和から平成にかけての、記憶に残る大きなできごとが意識的に織り込まれることで、広がりが生まれている。日航機墜落事故や、サリン事件、東日本大震災。さらに、両親がまだ子どもだったころの、東京大空襲。この小説に出てくる長女は一九五八年生まれの著者とほぼ同年齢で、弟は一つ違い。社会を騒がせた事件をこの姉弟が見聞することで、歴史性を持った人物像ができあがっている。〔……〕時間的には過去と現在が行きつ戻りつする形で書かれているが、時系列に沿ってできごとを並べ替えてみれば、エピソードの数々が、さりげないようでいて実はよく練られていることに気づくだろう。

つまり、ごく私的な家族の肖像（小文字の歴史）と社会的な出来事（大文字の歴史）を交錯させながらモチーフとしつつ、巧みな時間操作によって織りあげられた小説が『水声』だというのだ。また、《「死」の影にせかされるようにして、都と陵は互いを求め合う》のだと指摘する「慄然とするほど美しい世界　川上弘美著『水声』」（『図書新聞』二〇一四・一一・二九）の八木寧子は、《日常のなかで死の気配がふいに大きくふくらんで途方にくれてしまった一刹那や、自分が自分であることの奇妙さにとらわれてしまったときに必要な存在。それが、都にとつては陵であり、陵にとっては都だったのだ》と指摘している。さらに八木は、《遠景》として書かれた社会的な出来事によって、《そのたびに揺らぎ、結びなおされてきたこの国における「家族」というもの、あるいは「愛」というもののかたち》が《小説のことばで丁寧にほぐされ、ふたたびかたちづくられる》のだと小説の展開を読み解き、《そのこころみが、慄然とするほど美しい世界を産み落とした》と評している。あるいは、金原瑞人「水声、揺れる50代半ばの姉弟の距離――川上弘美著」（『日本経済新聞』二〇一四・一一・二）の次の評言もまた、抽象的ながら示唆的には違いない。

この作品は今のこの作家にしか書けない「今の日本」だ。その言葉は絶望からも希望からも遠いところから優しく響いてくる。都と陵の姿を思い浮かべ、その背景にふたりの母親を置くとき、たしかにわれわれはここにいるのだ、と実感する。

ここでは、声というテーマ（《響いてくる》）が掬いあげられているのみならず、都－陵－ママという、『水声』において最も重要な三人が的確にピックアップされた上で、《姉と弟の距離の変化》が注目されている。確かに、自律した人物でも単なる出来事でもなく、それらが織りなす関係とその歴史によって生じる《距離の変化》こそが、『水声』のエッセンスなのである。

語り手としての都

『水声』という小説をていねいに読み、声－音－水声に耳をすますこと。

そのための手だてとして、まずは、小説を織りなす語り手＝都の語り（方）に注目してみよう。印象的な『水声』冒頭部を引いておく。

夏の夜には鳥が鳴いた。短く、太く、鳴く鳥だった。

雨戸はたてず、網戸だけをひいて横たわれば、そのうちに体は冷えてくるはずだのに、その夏はいつまでも体が熱をもったままだった。

わたしたちの寝室から廊下に出、一つ曲がったつきあたりまで歩くと、ママの寝ていた部屋がある。その部屋で、ママは死んだのだった。入り組んだつくりの家の、ママの部屋だけが明るく光をたたえていた。

さりさりと音をさせて麻のシーツをとりかえる時、いつもママのことを思う。まだ、五十と少しだった。ママが死ぬと、パパは家をうち捨ててマンションに住んだ。だから、わたしが陵《りょう》と共に、ふたたびこの家に住む1996年までの十年間、家は無人だった。

久しぶりにこの家に踏み入ったときのことを、よく覚えている。玄関の鍵は三重になっていた。無人の家によそ者が入りこまないための用心である。

以後もしきりに音や体温といった感覚的な記憶を喚起していく家やママ、そして「あの夏の夜のこと」を共有した陵が、語り手＝都の語りによって、静謐さを保ちつつ語りの場へと召喚されてくる。こと、冒頭に置かれた「夏」−「鳥」−「鳴（き声）」といったフレーズは、都−陵姉弟の秘密に関わるイディオムとして、以後もその語りを通じて反復され、「また夏がくる。

鳥は、太く、短く鳴くことだろう。陵の部屋を、今日はわたしから訪ねようと思う。」という『水声』の結末へと至る。

この一点を以てすでに、語り手＝都の語りが戦略的なものであることは明らかだろう。さらにいえば、こうした冒頭部／結末部の照応は、同時に語り手＝都が語る動機を示してもいる。『水声』とは、都が「陵の部屋を、今日はわたしから訪ねよう」と思い至るまでの由来／前提なのだ。別言すれば、『水声』とは、〝いかなる「わたし」が、どのような思いを抱えて「陵の部屋」を訪ねるに至ったかについての、ごく私的な注釈書〟でもあるのだ。

また、読者への注意喚起のような次の一節もみられる。

あやうい瞬間は、まだいくつもあったけれど、ほんとうにそれらがあやうい時だったのだろうかと今になって思う。なぜなら、まるで予想もしていない、間の抜けた時にこそ、事は起こるのだから。

人生の渦中にある都ではなく、「今」という時点から振り返る語り手＝都による、「事」が「間の抜けた時」に起こるのだという、予見的な読解コードの提供である。

次の場面では、語り手＝都の語りが顕在化している。

陵から電話が多くかかるようになったのは、そうだ、１９９６年にわたしたちがこの家に住みはじめる年の前年で、それはちょうど桜が咲くころ、地下鉄サリンの事件から半月ほどたったあたりだった。

小説としては消すことも可能な「そうだ」が残され、記憶を想起し、それを西暦、居住地、季節、社会的な出来事などを手がかりに位置づけていく語りのプロセスがみてとれる。つまり、語り手＝都としては、そうしたことごとに先んじて、ある時期の陵のことを語りたいのであり、一見いい加減ながら、当初からの目標を見失うことなく、経るべきことごとをたどりながら語りつづけるところにこそ、都の語りの真骨頂がある。

いつしか都は、一つ家でママとパパと暮らす日々のうちに、語り手としての英才教育を受けていたのだ。「昔の話は、きらいなの」とつぶやくそばから、「昔の話を始める」というママ。あるいは、「混乱していることを、自身が楽しんでいたのかもしれないし、真実を思い出すことをこばんでいたのかもしれない」と、都に映じた「ママの昔の話」。

当初、「昔の話は、ママかパパがしてくれるものだと思っていた」都だけれど、「いつか、わたしや陵も、昔の話をするようになっている」。

また昔の話をしている、と思った。ママが昔の話をわたしと陵に聞かせたのよりも、ずっとひんぴんと、わたしは奈穂子と昔の話をしあっている。でも、昔の話ができるのは、一緒に昔を見た人がそばにいるからだ。〔……〕たとえすぐ隣にいなくても、どこかにその人が存在しているならば。

ならば、語り手＝都は、奈穂子がいる時はそれでいいとして、それ以外のケースでは誰の存在（聞き手）を前提としていたのかといえば、それはママに違いない。

もちろん、それはもう一人の自分であっても構わない。次の一節を読むためには、こうした推測が要請されるのだ。

恋人を愛することと、陵を愛することは、まったく違うことだった。けれど、その違いを、わたしはうまく言葉にできない。誰かに聞かれる機会もないから、言葉にする必要もない。

最後の一文を文字通りとるならば、それは端的に逆説《パラドックス》である。「言葉にする必要もない」

とされる、愛をめぐる恋人／陵の「違い」は、現に言語化されているのだから。となれば、やはり語り手＝都は、（不特定多数の読み手に重ねつつ）もう一人の自分に語ってもいる。現在を生きる語り手＝都は、自身の半生をたどりなおして語ることで、「陵の部屋を、今日はわたしから訪ねようと思う」という結末の一文への肉づけを実践していくのだ。

覚めながらみる夢

『水声』において、語り手＝都には語る動機がある。

しかし、ママをめぐることごとについてはどうだろう。

生前のママについては、語り手＝都が自ら回想し、語っていると考えて、特に不自然なところはない。描写の大半は、その魅力に囚われた（「ママから逃れるのは、不可能だった」）、都からママへの愛といってよい。その魅力は圧倒的なものだったようで、周囲の人々に一目置かれていたことは当然として、何よりごく近しい家族を惹きつけ、実兄であるパパと夫婦同然に暮らし、武治の子をもうけてさえいる。もちろん、陵もまたママの虜であり、ママも陵を慈しんだ。幼い頃のこと、雹の降った日に、都は身を挺して陵をかばう。そこへ、ママが来る。

ママが来るまでは、わたしが陵を抱いていたのに。ママが来たとたんに、わたしは反対にママに抱かれるものになりさがってしまった。それは、いまいましいことでもあり、また一方で、うっとりすることでもあった。

都(の主観)からすれば、いわば陵をめぐってママとは奇妙なライバル関係にあったことになるのだけれど、一方で、都はその誕生の時から、陵の所有を欲望してもいた。何しろ、一歳半だったという都は「最初に陵に対面した時のことを、今も」思い出せるのだ――「これが、わたしのおとうと、わたしのもの、と」感じた記憶が、都にはあるのだ。

だから、今や語り手となった都にとっては、すでに五〇年、関係をもつまでとしても二〇年以上、つねにママを意識しながら、陵に恋い焦がれつづけてきたことになる。そのことは、死後のママとのコミュニケーション手段である、特異な夢の様相にも明らかである。

「ママ」

と呼ぶと、エプロンをしたママがわたしを抱きしめる。

「陵は、どこ」

わたしは聞く。なぜ陵は夢の中に出てきてくれないのだろう。

「都には、会わせない。だって」

ママがほほえむ。ほほえんでいたはずなのに、にらみつける顔になっている。ママは知っているんだ。ちゃんと、知っていたんだ。でもこれは夢だから。何もあてにならない。

ママ、ほんとうに知っていたの？

「もちろん」

ママは言い、腕を大きくまわす。陵と二人で家の壁に描いたあの文様の一つ一つから、見知らぬ動物が飛び出してくる。鳥らしきものが数十羽、部屋の中を飛び回る。灰色の羽がはらはらと舞う。爪の鋭い猫科の動物が何頭も、わたしを引き裂きにくる。早く引き裂いてしまってほしい。そうしたら、陵がわたしの死体を埋めてくれるだろう。陵は、どうして来てくれないんだろう。

「来ないわよ、陵は」

ママが、幼いママが、ひたとわたしを見据える。

この場面には、都が見る夢のエッセンスが凝縮されているばかりでなく、『水声』総体の紋中紋とも見立て得る。都が見る夢の特徴の一つは、象徴や無意識として解釈する余地がないほどに、きわめて具体的かつ現実的だということである。右の引用には、ママへの愛着と服従、陵への恋慕と後ろめたさ——作中の現実世界でもそうであったろう都の心境が直接的にあらわれている。こうした覚めながら見る夢は、逆説的ながら客観性を帯びており、語り手＝都が自身のことを周囲の人々との関係において相対化して把握する機会ともなっている。その意味で、語り手＝都にとって夢とは、死んだママのことを、現実感覚を保持しつつ語るための仕掛けにみえる。こうした覚めながら見る夢からは、アンリ・ベルクソン／原章二訳『精神のエネルギー』（平凡社、二〇一二）における次の考察が想起される。

自然な眠りの中で、私たちの感覚は外界の印象に対して少しも閉ざされていません。なるほど、目覚めているときと同じ鮮明さはありませんが、その代わりに、目覚めて万人に共通な外界で行動していたときには忘れていた多くの「主観的」な印象が眠りの中で取り戻されるのです。私たちは眠りの中では自分のためだけに生きるので、そうした印象が回復されるのです。

右の引用にいう《眠り》を、都の覚めながら見る夢へと読みかえてみるならば、夢のシークエンスには都の《「主観的」な印象》がより直接的に表現されているということになる。従って、都はただ陵を求めてきた／いるのではなく、そのことをママに承認／禁止してほしいのだ。

ママの愛／呪縛

都が一九九六年から見はじめたママの夢は、二〇一三年には「この一カ月ほどママの夢を見ていない」という状態になっている。してみれば、『水声』とは、〝都がママの夢を見なくなるまでの物語〟でもある。語り手＝都によれば、「ママの夢を見はじめたのは、あらかたの家財を片づけ終わった頃」で、「陵と一緒に眠るようになってから」だという。都が陵と一〇年ぶりに戻ったこの家で共棲－共生をはじめた時、死んだママが都に「あなたたち、とうとう一緒に住みはじめたのね」と語りかける。

うん。住みはじめちゃった。

夢の中で甘えた。

ママはうすく笑い、

あらあら、そんなことして、いいのかしら。

と言った。おそろしかった。笑っているのに。

ママはすぐに、消えた。起きてからも、ふるえが止まらなかった。陵には夢のことは言わなかった。

このシークエンスも、夢にしては直接的にすぎる。陵との共棲‐共生をママがどう思うか、都は気になって仕方がない。笑いながらも「おそろしかった」というママは、(過去を知ってか知らでか)共棲‐共生を承認/禁止する。しかも、この家に陵と住むということは、その死にも関わらず/それゆえ、都にとってママとの関係再構築と別のことではない。

そして、ママは共棲‐共生の先達でもあった。

ママ、とわたしはふたたび迷いこんだ夢の中で呼びかける。ママはどうしてパパと暮らしていたの。

生きていた頃にはついに聞けなかった問い。

ママの生前についてならば、単に夫婦関係にない兄妹なのになぜ、という問いであり、ママの死後についてならば、陵との共棲‐共生をはじめた都自身にとって、納得のいく根拠を求めての問いだといえる。従って、陵との関係の後ろめたさゆえばかりでなく、肉体関係をもった陵との共棲‐共生の根拠が定まるまで、都はママとの夢‐コミュニケーション回路を求めつづけていくだろう。夢の中でママとは、端的に声である。しかも、「生きているママの声」との厳密な同一性は不要で、ママに「都ちゃん」と呼びかけられると「ふるえるように、嬉し」くなるという声の魔力。だから、夢の中のママの声を、素朴に都の無意識と捉えてみても、そこには無理が生じてしまう。

ママはとうに死んでしまったのに、まだわたしの中にいる。だから、わたしは一人でいても一人にはなれない。いつだって、ママはどこかにいてわたしを眺めている。

〔……〕

ママの夢を見るようになってから、もう二十年近くになる。はじめの頃は淡かったママの姿が、このごろはどんどん濃くなっている。隣にいる陵よりも、ママの方が、わたしには今は近いのだ。

ここでは、夢に登場するママが、「わたしを眺めている」と感じられる視線、つまりは都の中に内面化されたママと同一の存在であることが示唆されている。内面化されたママが、夢というコミュニケーション回路において、その魅力的で逆らえない声によって、都が抱えつづけてきた陵への恋慕、肉体関係、現在の共棲－共生をつねに意識させていくだろう。

「好きなひと、いる?」

ママが聞く。夢の中で。くすくす笑いながら。

わたしが答えないでいると、ママは嬉しそうに続けた。

「……」

わたしはその人が、欲しかった。いったいどうすれば、欲しいという気持ちが満たされるのか、わからなかった。そばにいるだけでは、足りなかった。満たしたかった。わたしで、その人を。その人で、わたしを。


こうした一節を読むと、都は、陵その人よりも、ママ——しかも死後、夢の中のママに触発されることによって、陵への恋情を育まれ、昂揚させてきたのではないかとすら思われる。裏返すならば、ママがいなければ、都はこれほど陵に焦がれなかった。そうであるならば、語り手=都は、ママこそが陵との肉体関係、現在の共棲‐共生へと至る自分自身の半生を操っていたということに、この回想を通じて気づいている。

ママからの解放

以前に比べ、「今は」ママのことを陵よりも近く感じる都だけれど、終章に至るとママの夢はみなくなる。そのことと、「1986年」において、語り手＝都が「あの夏の夜のこと」を克明に思い出していくこと、前後して陵がサリン事件の記憶を再解釈していくこと、さらにはママの存在感が濃い家を取り壊すこと――これらはいずれも同期した展開とみるべきだろう。『水声』の終局で、語り手＝都はようやくママの愛／呪縛から解放されていく。それは、都と陵が自律した個人へと生まれかわることでもある。

自分が、誰かの夢みている夢の中の人間のような気が、しない？

自身も夢みるように、陵は言うのだった。

夢じゃないわよ。今ここにわたしはいるし、陵もいるの。この家に戻ってこようって言ったのは、陵なの。

まっすぐに陵の顔を見ながら言うと、陵はぽかんとした。それから、滲むように笑い、

「そうだった。そうだった」

と、二回繰り返した。

ずっと、重しのようにわたしたちの上に乗っていたものは、どうやってはずれていったのだろう。突然に重しはとれたのではなく、おそらく少しずつ少しずつ、はずれていったのだ。

日曜日の朝、横を見ると、そこに陵がいた。

右の一節は、長い時間をかけて、都と陵とが手にした共棲－共生のかたちである。そしてそのためには、語り手＝都による半生の回想－再解釈と、夢を介した母とのコミュニケーションが必要だったのだ。その結果、都は夢＝ママを必要としなくなった。

「何が、陵は怖いの？」
「好きだっていう気持ちが」
「こうしていることじゃなくて？」
「都は、こうしていることが、怖いの？」

ううん、と首をふった。ママの視線を感じた。でも、それでいいと思った。いつもわたしと陵は裁かれている。わたしたちを知るすべての人々に。けれど、真にわたしたちを裁いてくれる者など、ほんとうはどこにも存在しない。

この時都は、夢から変じた「視線」としてのママすら気にしていない。ならば、語り手＝都はいかなる過去の再解釈を経て、ここまでたどりついたのだろうか。そして、そこに声‐音‐水声はどのように関わるのか。いよいよ、「あの夏の夜のこと」にふれる時がきたようだ。

回帰する記憶

今でこそ落ち着きをみせつつあるようだけれど、語り手＝都は、『水声』全編を通して陵への愛しい気持ちを隠すことがない。さらにいえば、「都《みやこ》、とわたしに呼びかける陵の声が、わたしは昔から大好きだった」というように、声への偏愛を隠すこともない。だから、声‐音を主題とした『水声』において、都が陵を求めるのは必然でもある。《二人〔都と陵〕の関係は、不穏さをはらんでいるのに平穏が続く》という印象を記す「近いのに遠い人と人との距離」（『宝島』二〇一四・一二）の円堂都司昭は、『水声』について《その不思議な感覚を描くことが、主眼》だとみている。

「1986年」において、「あの夏の夜のこと」を一通りたどりなおした後になお、語り手＝都は「陵との夜を、いったいどんな言葉で考えればいいのか、ずっとわからなかった。今もわからない」と語り、言語化は難しいという自覚を抱きつつアプローチをつづけていく。というのも、「あの夏の夜のこと」に近づくことなしに、都はどこへもいけないのだから。ママの夢から解放され、陵との共棲‐共生の根拠を見出すこと。それが、過去をかえることも忘れることもなく、都が生きていくための要件なのだ。

ママの死後、二人とも家を出てから一〇年、「陵から電話が多くかかるようになっ」て、久しぶりに会った時、杉並の家・部屋が話題になる。


「都の部屋のあの絵は」

あれは、と、わたしは言いかける。それから軽く口をつぐみ、ふたたびひらく。

まだ、あのまま。

「そうか」

わたしの部屋の壁に、陵と二人で少しずつ描いていった、たくさんの文様。〔……〕思い出すと、どこかで鳥が鳴いているような心地がする。あの、夏の夜に鳴いていた、太く、短い声の鳥が。


「夏」－「鳥」－「鳴（き声）」というイディオムが、家－部屋－絵を介して、都の思い出を、「あの夏の夜のこと」へと接続していく。声を起点とした会話が、「壁」の「文様」を経て、やはり音－声へと収斂していく語り手＝都の回想の方法とあわせて、「軽く口をつぐ」むことで、自ら秘密＝空白を創りだし、陵と共有していることにも留意しておきたい。

陵と住みはじめたママの家で、都が禁忌である秘密へと近づいていく展開も、やはり音に端を発する。「雨降りの日には、時計の音が大きく聞こえる」という都は、「陵とこの家に住みはじめてから何年たっても音が聞こえてくるので、ひそかに開かずの間の扉を開けてみたことがある」と振り返る。鍵のありかは秘密ではなく、陵の部屋だったところを、「〔その南京錠の鍵を〕しまったのは陵で、開かずの間にしようと決めたのも、陵」なのだという。

「ここは、」

引っ越しの日に陵は言いかけ、けれどそこで、言いさした。陵の顔を見ようとした。どんな表情で、その言葉を言っているのだか。けれど陵は頭をあげなかった。まつげが、少しだけふるえていた。何かを思っていたのか、それともただまばたきをしようとしていただけだったのか。

「ここは、閉じておくことにしよう」

しばらくしてから、陵はようやく言葉をついだ。もしかするとそれは、最初に言おうとしたのとはちがう言葉だったのかもしれない。

先ほどの都と同様に、「言いさ」すことで、陵は秘密＝空白を創りだしてしまっている。あるいは、「ここ」に、特別な意味の負荷をかけている。

このように、「あの夏の夜のこと」は当事者二人の言動によって、具体的な現実から遊離した曖昧な記憶へと変換されようとしていく。

> 会話をかわしているうちに、あの夏のことが、まぼろしの記憶のように思われてきた。いや、あれはほんとうに、まぼろしだったのではなかったのか？
> この家を出ていってからの数年間は、食事をしていても、絵を描いていても、買い物をしていても、本を読んでいても、いつもあの夏の夜のことを思い出していた。けれど次第に、思い出すことは少なくなっていった。
> 陵と離れていたころの方が、記憶はむきだしだった。二人で住みはじめてからは、記憶の中の昔の陵の上に、目の前にいる年を経た陵がつみ重なってゆき、記憶は複雑に堆積し、重いものほど底の方へと沈んでいったのである。

陵と暮らしはじめてからの語り手＝都が語る、「あの夏の夜のこと」との距離である。図式的なフロイト理解よろしく、「重いものほど底の方へと沈んでいった」ということになるのだろうけれど、それでことが解決しているならば、都が長い語りを展開することもなかったはずだ。だから、いかに語り手＝都が「ほんのときおり、まるで昔の冗談をなつかしむように」、「あの夏の夜の、あのことを」と思い返すとしても、すると「蝉が一匹、遠くで鳴いていた。四つの時計の音が、重なって聞こえていた」と、すぐさま声－音の記憶が回帰する。だから、「あの夏の夜のこと」の核心にふれないよう注意しつつ、その言語化を試みる語り手＝都なのだけれど、ことはそう簡単には運ばず、迂回を余儀なくされる。

巡りあわせ。そんな言葉で始末できたら、どんなにいいだろう。でも、おこなってしまったことが、いくら禍々しいことだったとしても、よそさまに迷惑をかけないことだとしたら、そして、誰にも知られていないことだとしたら、果してそのことを思いわずらう必要はあるのだろうか。

むしろわたしは、思いわずらうのが楽しいのではないだろうか。まるで、できかけのかさぶたを何回もはがしては、その痛みと痒みを楽しむ時のように。

ここで、語り手＝都は、ことを反芻し、回帰する記憶を楽しんでいる自分を見出している。それでも、夏が訪れる度、時計の音－鳥の鳴き声を聞く度に、何より陵と共棲－共生をつづけていく以上、「あの夏の夜のこと」は何度でも都の現在へと回帰してくるだろう。

当の陵はといえば、都の思惑を見抜いてだろう、「なんか、それっぽいこと、考えてない？」と都をたしなめ、次の会話へとつづく。

おれたちは、起きた事がらの意味からできあがっているわけじゃないでしょ。ただずっとふらふら存在してきて、それで今たまたま、こうなってるだけでしょ。

「じゃあ、起こったことに、意味はなかったの？」

わたしは陵をにらむ。この会話は、いけない、危ないところにきている、と思った。開けてはならない箱。その箱はわたしと陵二人の手で丹念に包装されており、おまけに瀟洒なリボンかなにかまで巻かれているのかもしれなかった——その箱にわたしたちは今手をかけている。

陵による「意味なんて、ないでしょ。あるわけが、ない」という台詞もまた、ことの意味づけの他ではなく、だから都も陵も、それぞれの仕方で「あの夏の夜のこと」から自由ではあり得ず、「箱」をありありと目にしてしまう。こうしたやりとりの後、「ママだけでなく、パパも、知っていたのだろうか」という自問をへながら、語り手＝都はついに「箱」をあけることになる。ただし、それは意識的な行為ではなく、「かち、かち、かち、という音」を契機として現実（感覚）から遊離した場所で展開されていく――都の「視界にはきらきらした粒子がただよいはじめ、貧血が起き」、「体は冷えてゆき、手足の先の感覚がなくなる」。「目を閉じると、白くもやもやしたものがあらわれ」、「体がふわりと浮き、急流を流されてゆく木の葉になったような心地となる」。「体はソファに横たわっ」たまま、「流されながら、断片を見る」、それも「閉じられた目で」。

男が一人、うしろ向きに横たわっている。
あらわとなった背に、ひとひらの淡いものがかぶさっている。それは女のてのひらの、甲の側である。まるめられた指は、背にふれるかふれないかのぎりぎりのところでとどめられている。爪は短く、色はほどこされていない。

一連の場面は、『水声』の中でも異色である。おそらくは、忘我の状態にある都が「閉じられた目」で「断片」的に見た光景なのだろうけれど、それを誰がどのように表象しているのか、不明なのだ。そうした体験を、語り手＝都が後に追体験して語っていると、一応は考えられるけれど、それでもやはり整合性がとれていない。

男が声を出すことを、女は予想していなかった。それは、幼いころの男の声を彷彿とさせた。ねえ。男は幼かったころ、しばしば言った。ねえ、というその声を、女はよく覚えている。ねえ、あそぼう。あそんで。

声は過去のものだ。今の男とは違う声なのだから、それはただ女の記憶の中にあるだけで、実際に今男が出している声がそのころの声と同質かどうか、誰も判断することはできない。

声を通じて、「女」が幼少時を想起しながら「男」に惹かれていく右の場面に、読み手は容易に陵と都を重ねるけれど、忘我の閾にある都は、この時点では「女」と自身の同一性を確認し得ていない。にもかかわらず、「女」の内面は語られていく。

こうした不可思議な光景‐語りの中、「声の響き」が「女の体をふるわせる」ままに、「あなたは昔、わたしに何を望んでいたの。わたしが望んでいたことを、いつからあなたも望むようになったの」と、「女」＝「わたし」の内面が書かれていく。

男は陵で、女はわたしなのだった。見間違いではない。たしかに、それはあったことなのだった。

かち、かち、かち、という時計の音に混じって聞こえた息づかいや、きれぎれの光景。あの夏の夜。

1986年の夏、もうすぐママが死のうという時、その頃すでに家を出ていた陵が、元の自分の部屋、すなわち今は開かずの間となっている時計の部屋に泊まっていったあの夜、わたしは陵を訪ね、体をかさねたのだった。

ここに至って、ようやく都は「女」との同一性を、視認する。そして、ひきつづき展開される光景を前に、都は離れたところから自分自身を見ており、解離の症状にも似た人格の分離が生じている。逆にいえば、別人格と化していた「夏の夜」の秘密を生きた都と現在の都との合一が、この時目にした光景とそれを語り、再解釈することで果たされていく。――禁忌であるところの陵との肉体関係をそれとして認め、言語化し得たのだ。

だから、語り手＝都は、最大の難所をこの時‐この場所で解決《クリア》したのであり、それは同時に語る動機（目的）の成就（＝喪失）をも意味するはずである。

サリン事件の記憶

この不可思議な体験を通じて、おそらく都は、陵と共棲－共生していく根拠をも、それと言語化まではし得ずとも、手にしたはずだ。だから、以後の陵との会話では緊張感が解け、「あの夏の夜のこと」についても、「気安く」語りあえるようにさえなっていく。


「あの夏の夜のこと、覚えてる？」

「忘れるわけがない」

「いつも、考えていた？」

「考えないようにしなきゃと思ってたけど」

「でも？」

「いつも、いつも、ずっと」

「それなのに、一緒に住むことにしたの？」

うん、と陵は頷いた。子供の頃のように。

だって、一人はいやだったから。あの、サリンの時、いつか必ず死ぬことがわかってしまったのに、それまで一人だなんて、耐えられなかったから。陵は小さな声で言った。

陵について、流された果ての場面は用意されてはいないけれど、その代補とでもいうべきサリン事件の記憶には展開がみられる。語り手＝都によれば、「この家に二人で戻ってきた1996年の前年、陵は通勤途中に地下鉄サリン事件に遭遇」したのだという。「陵はガスを吸わなかった」けれど、都には時折、次のように語る。

構内放送がかかる少し前、階段に足をかける刹那に振り向いたあたりにいた誰かが、もしかするとあの後死んだのかもしれない。それを思うと、頭の中に黒い煙幕がうっすらと広がってゆくような気持ちになるんだ。

こうした死への近接が一因となり、陵は都に「一緒に住もう」といいだすのだけれど、その後も不眠はつづいていたようである。「サリン事件に居合わせたことについては、一緒に住むようになってから、ぽつぽつと話しはじめ」、「おれには、何ごともなかったのに。なのにまだあの時のことをたびたび思い浮かべてしまうのは、なぜなんだろう」と自問しては、陵は「おれには確かに、あの時の手ざわりがあるんだ」と語る。

一度でもその遠い呼び声を聞いてしまった者なら、そののち、どこでその声のこだまを聞いても、決して知らんふりできない。そういうものの手ざわりを、おれはあの時感じたんだ。感じた気がするんだ。よくわからないね。何言ってるんだ、おれ。

都と同様、陵もまた回帰してくる記憶を抱えながら生きてきたのであり、ここでも、声が重要な鍵となっている、それを受けて、都もまた「眠られぬ夜のつれづれに、ずっと陵は「呼び声」のことを考えていたのだろうか」と、声を受けとめていく。

ある日、「おれ、おととい、思い出したんだ」、と陵が語りはじめる。――「何も見ていなかったつもりだったけれど、本当は見ていた。倒れている女の人を」と。

倒れている女の人は、人形みたいに見えた。手足がたよりなくて、あ、これはもうだめなんじゃないかと思った。怖かった。葬式には何回か出たことがあったし、死体も見たことがあったんだけど、死そのものをあからさまに見たのは、その時が初めてだった。ママが死んだ時よりも、その女の人の死ははるかに生々しくそこにあった。

「おれは、死を見たくなかった」という陵もまた、都との共棲 - 共生をはじめてから、サリン事件における死（の光景）の再解釈とその言語化によって、抑圧してきた記憶と折りあいをつけつつあるようだ。

このようにして、都と陵の姉弟は、ようやくこの場所にたどりつく。そのためには、二人の共棲－共生が必要だったことはいうまでもないけれど、それ以上に重要なのは、二人で時間を積み重ねること、そして声－音－水声に耳をすましながら、少しずつ過去を想起し、それと向きあうことだったはずだ。

まじりあう水

都と陵が共棲－共生をはじめて迎えた新年。パパが三泊した後に帰っていくと、また二人に戻り、「水入らず」の日々の締めくくりに、「初めて入る店でワインを飲」む。

「二人でいるのに、二人じゃないみたいだね」

陵のその言葉の意味を、ぼんやりと考えた。酔いがまわっていた。陵がもう一人のわたし自身のように思える近ごろの感じと、似たことを言っているのだろうか。

「え？」

聞こえなかったふりをして、聞き返した。

「都のことが、好きだった」

小さく、陵は言った。

え？　もう一度、聞き返した。グラスをもつ陵の手がふるえていた。

手の「ふるえ」を見れば明らかなように、この告白が陵にとっても都にとっても、重い意味をもつものであったことは疑いない。それでも、共棲－共生をはじめて後、都が「あの夏の夜のこと」を、陵がサリン事件の記憶をそれぞれ再解釈することで、この場所にたどりついた今、陵の告白が何かを大きく動かすということは、もはやない。

陵とワインを飲んだ日から、また時間が過ぎてゆく。好きだった、と言われて、何が変わったわけでもない。

わたしと陵は、毎日わずかずつの言葉を、休みなくかわしてきた。

「……」

毎日のよしなしごとを、つぶやくように、言いあってきた。一人でいると体の中にとどまってしまう言葉が、相手の体の芯まではしみ入っていなかったかもしれなかったけれど、少なくとも表面には届いていた。そのことが、互いの身を柔らかくほとびさせた。互いの心情を察することに長けさせた。

ただし、強い感情や重い言葉が、意味をもたないわけではない。ただ、それらにはひときわ重要な意味をもつ時機があり、それは必ずしも恒常的なものではない。だから、都と陵のように、その時機の前後をいかに生きるかこそが重要なのだ。

右のような日々の中、都が「川を見たいと思った。寒いこの時期の川を。」と思うのは、恐らくこうしたことと無縁ではない。唐突さを免れない「川」の一語は、都によってさまざまに変奏されていくことで、少しずつ『水声』各所との照応が浮上する。

陵がわたしの体にはいってくるおりに、最初にふれあうのは、陵とわたしの体そのものではなく、わたしたちの体の中に蔵された水と水なのではないか。その時、水と水とは、どんな音をたててまじりあってゆくのだろう。

ここで、都は「体そのもの」を「体の中に蔵された水」に変換し、そのまじりあう「水の音」音を聞きとろうとしている。ここで「川」は、「体」－「水」へと変奏され、声－音－水声という主題へと近づいていく。

『水声』には、都をめぐる「川」のエピソードがもう一つある。「大学時代に、奈穂子とした夏休みの旅」で、後に東日本大震災で被害を受けることになる町を訪れたのだ。「この前」再訪したという奈穂子に、都は「あの川は、どんなふうになっていた」と尋ねる。すると奈穂子は、「川は、静かだった。雪のせいかもしれないけど。水が流れているのに、何も音がしなかったの。声をなくしたみたいに」とこたえている。

だから、「川」のすべてに流れがあり、音（水声）がするというわけではない。そのこととあわせて重要なのは、堆積する時間（それ自体）が、都に改めて実感されることである。奈穂子が「三十年前も前の記憶」に照らして「川」を比べたことを受けて、都は「わたしたちの体の中には、時間がこもっている」ことに、ママを経由して改めて想到するのだ。

今ではもう、ママの中にあったものよりも長い時間が、くるくると巻かれてはほどかれ、またふたたび巻かれる何本ものリボンのように、わたしや奈穂子の体の中にいくつもつみ重なっている。

体内に「つみ重なって」いく時間、都の主観に即すならば「水」もまた、「体の中に蔵された」ものであったはずだ。そうであれば、『水声』／語り手＝都の語りにおいては〝時間＝

「水」〟であり、これこそが人間の正体なのだ。少なくとも、都は、陵や奈穂子をはじめとして、近しい人をそのように認識している。だから、陵と共棲－共生するということは、お互いの〝時間＝「水」〟をまぜあわせることと同義で、陵が「二人でいるのに、二人じゃないみたいだね」という感想をもらすのは当然なのだ。ここには人間関係すらなく、ただまじりあう「水」だけがある。

白っぽい野

してみれば、『水声』において、都と陵にとって、もはや人間関係や「つながり」、あるいは倫理や裁きといったことごとは、ほとんど意味をもたない。もちろん、そうした社会に住まう二人ではあるけれど、その実、まったく異なるマトリックスを生きてきた／いることもまた、確かなのだ。そのヴィジョンは、ママの生前に、陵が示した次のようなものだ。

おれたちって、生まれてこのかたずっと、だだっぴろくて白っぽい野に投げだされているみたいだよね。

いつか、陵が言ったことがある。

「……」

白っぽい野って、なに。

聞き返したら、陵はしばらく言葉に迷っているふうだったけれど、やがて、

「たとえば荒野のように、雨風そのほかこっちにつきささってくる攻撃的なものから無防備な場所じゃなくて、なんだかぼんやりした抽象的な感じの場所」

と答えた。


こうして陵が示す「白っぽい野」には、「生まれてこのかたずっと」都と陵だけがいる。逆にいえば、他者がいない。社会的に承認された夫婦でも恋人でもなく、姉弟でありながら求めあう都と陵の共棲－共生の根拠とは、おそらく、このように長らく共有してきた「景」にのみよるのだ。

「白い何もない野に、陵とわたしが二人きりでたたずんでいる景を、ときおり思うようになったのは、きっとそれ以来だ」という都は、「あの夏の夜のこと」を経験する前から、陵と二人でこの場所に存在し、この場所で生きてきたのだ。しかし、語り手＝都によれば、この場所も時の流れの中で、何かしらの影響を被りながらだろう、様相を変じてきたのだともいう。

白い野は、時がたつにしたがって少しずつ姿を変えてきた。最初はほんとうに何もない、

まぶしい光に満ちたような――その光がまぶしいあまり、視界はかえって暗く翳っていたのだけれど――果てのない野だった。やがて、地平線に不明な大きい影があらわれ、消え、水がうすく満ち、引き、ぜんたいがせばまり、また広がり、光は弱まり、かわりに夜明けと日暮れがきざし、それもまたさらに強い光に消し去られ、一本の樹が生え、森となり野をおおい、ある日突然すべてが消え去り、そしてまた平らかな白い野となっていったのだった。

ここで重要なのは、「光／影」が織りなす変化の中で、「白い野」が再び「白い野」に返り、その間、都と陵がそこに「投げだされていた」という、当人たちの心象である。しかも、「頭の中で白い夏野となってゐる」という高屋窓秋の俳句を経由して、その句を書いたメモが貼ってあった、元の陵の部屋ともつながっている。

この部屋は、都と陵が肉体関係をもった――「水」と「水」がまじりあった、いわば起源の場所でもある。さらにいえば、右の句は《堂々たる主観句の出現》として《当時としては画期的な表現》(鳴戸奈菜「「白い夏野」の意義――高屋窓秋の作品における現代性」、『俳句研究』一九九九・三)であった。つまり、二人が共有する「景」を支える根拠とは、《主観》の他ではない。

語り手＝都は、その語りの終局において、「ふいに」水声を耳にする。

ふいに、水の音が聞こえた。遠い世界の涯《はて》にある、こころもとなくて、ささやかな流れの。

わたしと陵はまだその涯まで行っていない。誰もそこに行き着くことはできないのかもしれない。ママも、パパも、そこに行きたいと願ったのだろうか。

自分たち二人の他は誰もいない、よるべなき孤独な「白い野」を共に生き、長らく温めてきた感情はついに肉体関係へと至り、空白の一〇年を経て後、再び共棲‐共生をはじめ、社会通念的には禁忌である近親相姦が、「水」と「水」の混じりあいだったのだと想到した直後、都に聞こえたという「水の音」。

都は、声‐音‐水声の源である「遠い世界の涯《はて》」を求めて、これからも陵と共棲‐共生をつづけていくだろう。たとえ、その場所へはたどりつけなくとも、「水の音」ならば、長い時間をかけた日々の中で、聞くことができるかもしれない。それは、救いでも啓示でもなく、もとより飲用でもない。そうではなく、孤独とも死とも、さほどかわりのないところの、しかし充溢した語り手＝都の生の根拠なのだ。

引用・主要参考文献

江國香織『つめたいよるに』（新潮文庫、一九九六）
湊かなえ『告白』（双葉文庫、二〇〇八）
青山七恵『やさしいため息』（河出文庫、二〇一一）
小川洋子『原稿零枚日記』（集英社文庫、二〇一四）
　　『密やかな結晶』（講談社文庫、一九九八）
多和田葉子『雪の練習生』（新潮文庫、二〇一四）
藤野可織『爪と目』（新潮文庫、二〇一五）
川上弘美『水声』（文春文庫、二〇一七）
千石英世『異性文学論　愛があるのに』（ミネルヴァ書房、二〇〇四）
綾目広治『小川洋子　見えない世界を見つめて』（勉誠出版、二〇〇九）
松本和也『現代女性作家論』（水声社、二〇一一）

田中弥生『スリリングな女たち』（講談社、二〇一二）
松本和也『川上弘美を読む』（水声社、二〇一三）
与那覇恵子『後期20世紀女性文学論』（晶文社、二〇一四）
「特集　川上弘美」（『ユリイカ』二〇〇三・九臨時増刊）
「特集　多和田葉子」（『ユリイカ』二〇〇四・一二臨時増刊）
「特集　小川洋子」（『ユリイカ』二〇〇四・二）

あとがき

　ここに集めた論考は、すべて二〇一〇年代に入ってから発表したもので、とりあげた小説も新しいけれど、読み、考え、文章にまとめたのも、近年のことなのである。本書で対象とした作品は、いずれも何かしらのかたちで、前任校・信州大学の授業でとりあげたものである。

　一番長く扱ったのは『告白』で、日本文学概論Ⅰという授業を通じて、谷崎潤一郎や太宰治のさまざまな形式の作品と並べながら講義し、学生の反応もよかったし、受講生のレポートにも面白いものが多かった。谷崎といえば、やはり日本文学概論Ⅰのイントロダクションとして谷崎の語りを話題にした際に、「爪と目」を紹介した。

　備忘録的に付言しておけば、『やさしいため息』、『原稿零枚日記』、『雪の練習生』は日本文学特論、「デューク」は国語科指導法、『水声』は共通教育の授業で、それぞれとりあげた。

そして、『密やかな結晶』は、着任三年目の四年生が卒業論文のテーマにとりあげた、懐かしい作品でもある。ことさら、感傷的になっているわけではないのだけれど、そのことがきっかけ(の一つ)となって、現代文学を授業で扱い、こうした文章を書くようになったことを思えば、いずれもが信大生との対話によって成ったものであることはもとより、それを正しく「学恩」と称し、ここに謝意を記しておきたい。みなさん、どうもありがとう。

最後になりましたが、本書の刊行に際しては、水声社の鈴木宏さん、飛田陽子さんに、たいへんお世話になりました。厚く御礼申し上げます。

二〇一八年一月一三日

松本和也

初出一覧

＊ただし、いずれの章においても、大幅な加筆修正を加えている。

第一章
「ペットロスの「私」による語りの戦略――江國香織「デューク」の教材研究」
（『日文教　国語教育』二〇一五・一一）
第二章
「形式のショーケース――マルチ視点ミステリー・湊かなえ『告白』」（『ゲストハウス』二〇一三・一二）
第三章
「書かれた日記について書く小説――青山七恵『やさしいため息』」（『ゲストハウス』二〇一三・四）
第四章
「〝書くこと〟をめぐる小説のなかの小説（家）――小川洋子『原稿零枚日記』・『密やかな結晶』（上・下）」
（『季刊　現代文学』二〇一二・九、二〇一三・三）
第五章
「白と〝書くこと〟――多和田葉子『雪の練習生』」（『季刊　現代文学』二〇一四・三）
第六章
「藤野可織「爪と目」の話法」（『ゲストハウス』二〇一五・四）
第七章
書き下ろし

著者について――

松本和也（まつもとかつや）　一九七四年、茨城県に生まれる。立教大学大学院文学研究科博士後期課程修了。博士（文学）。現在、神奈川大学外国語学部教授。専攻、日本近代文学・演劇。主な著書に、『太宰治『人間失格』を読み直す』（二〇〇九年）、『現代女性作家論』（二〇一一年）、『川上弘美を読む』（二〇一三年、いずれも水声社）、『昭和一〇年代の文学場を考える　新人・太宰治・戦争文学』（立教大学出版会、二〇一五年）、『テクスト分析入門　小説を分析的に読むための実践ガイド』（編著、ひつじ書房、二〇一六年）などがある。

装幀――宗利淳一

現代女性作家の方法

二〇一八年三月一〇日第一版第一刷印刷　二〇一八年三月二〇日第一版第一刷発行

著者――松本和也

発行者――鈴木宏

発行所――株式会社水声社

東京都文京区小石川二―七―五　郵便番号一一二―〇〇〇二
電話〇三―三八一八―六〇四〇　ＦＡＸ〇三―三八一八―二四三七
［編集部］横浜市港北区新吉田東一―七七―一七　郵便番号二二三―〇〇五八
電話〇四五―七一七―五三五六　ＦＡＸ〇四五―七一七―五三五七
郵便振替〇〇一八〇―四―六五四一〇〇
URL : http://www.suiseisha.net

印刷・製本――精興社

ISBN978-4-8010-0327-9

水声文庫

制作について　淺沼圭司　四五〇〇円
宮澤賢治の「序」を読む　淺沼圭司　二八〇〇円
昭和あるいは戯れるイメージ　淺沼圭司　二八〇〇円
物語るイメージ　淺沼圭司　三五〇〇円
平成ボーダー文化論　阿部嘉昭　四五〇〇円
幽霊の真理　荒川修作・小林康夫　三〇〇〇円
アメリカ映画とカラーライン　金澤智　二八〇〇円
ロラン・バルト　桑田光平　二五〇〇円
危機の時代のポリフォニー　桑野隆　三〇〇〇円
小説の楽しみ　小島信夫　一五〇〇円
書簡文学論　小島信夫　一八〇〇円
演劇の一場面　小島信夫　二〇〇〇円
零度のシュルレアリスム　齊藤哲也　二五〇〇円
実在への殺到　清水高志　二五〇〇円
マラルメの〈書物〉　清水徹　二〇〇〇円
美術館・動物園・精神科施設　白川昌生　二八〇〇円
西洋美術史を解体する　白川昌生　一八〇〇円
贈与としての美術　白川昌生　二五〇〇円
美術、市場、地域通貨をめぐって　白川昌生　二八〇〇円
戦後文学の旗手中村真一郎　鈴木貞美　二五〇〇円
シュルレアリスム美術を語るために　鈴木雅雄・林道郎　二八〇〇円
サイボーグ・エシックス　高橋透　二〇〇〇円
（不）可視の監獄　多木陽介　四〇〇〇円
黒いロシア白いロシア　武隈喜一　三五〇〇円
魔術的リアリズム　寺尾隆吉　二五〇〇円
桜三月散歩道　長谷邦夫　三五〇〇円
マンガ編集者狂笑録　長谷邦夫　二八〇〇円
マンガ家夢十夜　長谷邦夫　二五〇〇円
未完の小島信夫　中村邦生・千石英世　二五〇〇円
転落譚　中村邦生　二八〇〇円
オルフェウス的主題　野村喜和夫　二八〇〇円
越境する小説文体　橋本陽介　三五〇〇円
ナラトロジー入門　橋本陽介　二八〇〇円
カズオ・イシグロ　平井杏子　二五〇〇円
カズオ・イシグロの世界　平井杏子・小池昌代・阿部公彦・中川僚子・遠藤不比人・新井潤美他　二〇〇〇円
「日本」の起源　福田拓也　二五〇〇円
〈もの派〉の起源　本阿弥清　三二〇〇円
太宰治『人間失格』を読み直す　松本和也　二五〇〇円
現代女性作家論　松本和也　二八〇〇円
川上弘美を読む　松本和也　二八〇〇円
ジョイスとめぐるオペラ劇場　宮田恭子　四〇〇〇円
魂のたそがれ　湯沢英彦　三二〇〇円
金井美恵子の想像的世界　芳川泰久　二八〇〇円
歓待　芳川泰久　二二〇〇円

［価格税別］